KB114687

호감 받고 성공 더! 1ㅁ

인기영 장편소설

초판 1쇄 찍은 날 § 2017년 12월 8일
초판 1쇄 펴낸 날 § 2017년 12월 15일

지은이 § 인기영
펴낸이 § 서경석

편집책임 § 김경민
편집 § 이종식

펴낸곳 § 도서출판 청어람
등록번호 § 제387-1999-000006호
등록일자 § 1999. 5. 31
어람번호 § 제1-2808호

주소 § 경기도 부천시 부일로 483번길 40 서경B/D 3F (우) 14640
전화 § 032-656-4452 팩스 § 032-656-4453
http://www.chungeoram.com
E-mail § chungeorambook@daum.net

ISBN 979-11-04-91571-0 04810
ISBN 979-11-04-91303-7 (세트)

Contents

샘 레넌의 능력

치이이익.

삼겹살이 맛있게 익어갔다.

김두찬은 직접 고기를 잘라 사람들에게 대접해 줬고, 이를 집어 먹는 동안 샘과 레이철은 연신 감탄을 흘렸다.

"Oh, Fantastic."

"Awesome!"

두 사람은 진심으로 삼겹살의 맛에 놀라고 있었다.

결코 대접해 준 것에 대한 예의로 하는 표현이 아니었다.

한국에서는 삼겹살이라는 바비큐가 유행한다는 걸 말로는

들어 알고 있었다.

하지만 그 맛에 대해서는 짐작하기가 힘들었다.

고작 돼지고기의 한 가지 부위를 아무런 시즈닝도 없이 불에 구울 뿐인데 그게 어떻게 특별할까 싶었다.

그런데 막상 와서 먹어보니 정말 특별했다.

특히 구운 마늘과 구운 김치에 쌈장을 조금 발라, 상추에 싸 먹으면 그 맛이 더 기가 막혔다.

놀라운 건 그뿐만이 아니었다.

"건배!"

이제는 제법 정확한 발음으로 샘이 건배 제의를 했다.

투박한 외국인의 손에는 전혀 어울리지 않는 소주잔이 들려 있었다.

짱―!

모든 사람들이 잔을 들어 올려 부딪혔다.

유리잔에서 맑은 소리가 울렸다.

한자리에 모인 네 사람은 동시에 소주를 들이켰다.

"캬!"

샘이 마치 한국 사람처럼 감탄을 흘렸다.

그러고는 잘 익은 삼겹살 한 점을 집어 쌈장에 푹 찍은 뒤 입에 넣었다.

"진짜 소주와 삼겹살의 조합은 기가 막히네요."

샘이 엄지를 치켜세웠다.

레이첼은 빈 술잔에 자작을 하며 흥얼거리듯 말했다.

"아무래도 나 오늘 취할 것 같아요. 엉망이 되어버리면 김 작가님이 책임져 주나요?"

"두 분 잘 곳은 마련해 드릴 테니 걱정 마세요."

레이첼이 무슨 뜻으로 말한 건지도 못 알아들을 김두찬이 아니었다.

그는 속뜻을 뻔히 알면서도 모른 체 넘겼다.

그 모습에 레이첼이 피식 웃었다.

"진짜 비집고 들어갈 틈이 없네요. 김 작가님 애인이 부러 워지네요."

레이첼은 이미 밴 안에서 김두찬을 떠봤다.

대부분의 남자들은 애인이 있어도 레이첼이 유혹하면 넘어 오기 바빴다.

넘어오지 않더라도 흔들리는 모습은 보였다.

하지만 김두찬은 전혀 흔들림이 없었다.

오로지 자신의 애인만을 최고라 말했다.

레이첼은 자존심이 상하면서도 한편으로는 김두찬에게 더 빠져들었다.

지금도 마찬가지였다.

김두찬은 철저하게 자신에게 틈을 내어주지 않았다.

얼마나 그가 더 괜찮아 보일지 모르겠지만, 지금으로써는 정말 탐나는 남자였다.

그런 레이첼의 속내가 어떻든 김두찬에겐 그다지 중요한 문제가 아니었다.

김두찬이 신경 쓰는 건 샘의 호감도였다.

다행스럽게도 샘은 함께 술을 마시면서 기분이 업된 만큼 호감도 수치도 전보다 빠르게 오르고 있었다.

지금은 87까지 상승했다.

분위기가 괜찮았다.

이 정도 속도라면 사흘 안에 충분히 호감도를 100까지 올릴 수 있을 것 같았다.

술이 몇 순배 돌고 난 뒤, 샘은 본격적으로 영화화에 대한 이야기를 꺼냈다.

대화의 주제가 비즈니스적인 문제로 넘어가자 여태껏 그의 얼굴에 달라붙어 있던 장난기가 거짓말처럼 사라졌다.

"김 작가님. 나는 무조건 김 작가님의 작품을 영화화하고 싶어요. 특히 적 시리즈가 정말 탐납니다."

"그렇게 말해주시니 영광입니다."

"어떻습니까? 절 믿고 함께하시겠습니까? 혹시, 이 일을 결정하는 데 있어 소속사의 허락이 필요한가요?"

김두찬이 고개를 저었다.

"이건 출판물에 대한 계약이니 제 책을 출간한 출판사 대표이신 민 대표님과 조율하면 됩니다."

김두찬의 말을 대충 알아들은 민중식이 활짝 미소 짓고 고개를 끄덕였다.

그러고는 김두찬에게 넌지시 말했다.

"조율이라고 할 것까지야 있나요. 우리가 조금 손해 보더라도 무조건 계약해야지요."

그 말에 김두찬이 고개를 저었다.

"손해를 보는 건 말도 안 돼요, 사장님. 샘이 대단한 감독인 건 맞지만 먼저 러브콜을 보내온 건 그예요. 그리고 우리는 다 동등한 입장에서 만난 거예요. 저쪽이 바라지도 않았는데 먼저 한 수 접어줄 생각은 하지 않아도 될 것 같아요."

김두찬의 말은 얼핏 손윗사람을 가르치는 것같이 들릴 수 있었다.

하지만 민중식에게는 전혀 그렇게 느껴지지 않았다.

오히려 김두찬이 또 한 번 거대해 보였다.

어떻게 저런 거장과 세계적인 배우 앞에서도 전혀 주눅 들지 않는 건지 놀라웠다.

게다가 상대가 누구냐를 따지지 않는 모습 역시 멋졌다.

자신의 줏대가 없이 상대방에 따라 입장이 바뀌는 사람들은 신뢰하기가 힘들었다.

하지만 김두찬은 뚝심이 있는 사람이었다.

민중식의 가슴 안에서 김두찬이라는 이름 세 글자가 점점 더 커져만 갔다.

"그럼 계약 조건에 대해 이야기를 나눠볼까요, 미스터 민?"

샘이 손바닥을 천천히 비비며 흥미를 보였다.

민중식은 고개를 끄덕이고서 계약 조건에 대해 있는 그대로 얘기했다.

그것을 김두찬이 바로바로 해석해서 샘에게 전해주었다.

샘은 민중식의 설명이 끝날 때까지 한마디도 하지 않고 묵묵히 들었다.

그러면서 열심히 고개를 주억거렸다.

민중식의 얘기가 다 끝난 뒤 샘은 어깨를 으쓱하며 서양인 특유의 제스처를 취했다.

"나쁘지 않네요(Not bad)."

나쁘지 않다는 건 크게 좋지도 않다는 얘기다.

민중식은 마른침을 꿀꺽 삼켰고, 김두찬은 바로 물었다.

"어떤 부분이 걸리나요?"

"다 좋아요. 그런데 한 가지."

샘이 검지를 세워 앞으로 내밀었다.

"김 작가님이 직접 시나리오로 각색해 준다는 얘기가 한 번도 나오질 않았어요."

"네?"

"나는 김두찬 작가님이 직접 시나리오에 참여하기를 원합니다."

그건 생각지도 못한 제안이었다.

김두찬은 한국에서 영화화되는 몽중인의 시나리오에도 크게 손을 대지는 않았다.

메인 시나리오 작가가 작성해서 보내온 것을 보고 자문해 주는 정도가 전부였다.

그런데 샘은 김두찬이 메인 시나리오 작가로 참여하기를 바랐다.

"이 작품은 김두찬 작가님이 아니면 손댈 수 없습니다. 적이라는 세상 안에서 보여준 기묘한 분위기와 개성 있는 캐릭터들, 톡 건들면 터질 것 같은 인물 간의 섬세한 감정선, 극의 긴장감을 더하는 전체적 미장센 등. 그걸 고스란히 담아낼 수 있는 건 이 세상을 만든 창조주뿐입니다. 결정적으로 애초에 동양인과 서양인의 감성 자체가 다릅니다. 나와 같은 땅에서 태어난 사람이 이 글을 시나리오로 각색한다면 그건 더 이상 한국에 있는 김두찬 작가님의 글이 아닙니다."

샘의 말은 구구절절이 옳았다.

김두찬 역시 자신의 글이 시나리오화될 때 가장 베스트는 자신이 직접 하는 것이라고 생각은 해왔었다.

민중식이 김두찬에게 나직이 물었다.

"지금 작가님께 시나리오 작가로 참여해 달라고 말하는 것 같은데요."

"맞아요."

"가능하시겠나요?"

민중식은 마냥 샘을 조심스러워하던 이제까지와 달리 잔뜩 힘이 들어간 모습이었다.

그것은 자사와 계약한 작가를 케어하기 위한 보호자로서의 모습이었다.

만약 김두찬이 이 제안을 받아들이기 싫다고 해서 계약에 차질이 생긴다면 민중식은 미련 없이 이 일을 엎어버릴 참이었다.

아띠 출판사의 출간작 중 하나가 할리우드 영화로 진출한다는 건 어마어마한 일이다.

하지만 민중식에게는 그보다 작가의 입장이 더 중요했다.

김두찬이 여러 가지 문제로 시나리오에 참여하지 못하겠다는데도 그것을 필요조건으로 강요한다면 그는 이 자리를 아까워하지 않고 김두찬을 케어할 사람이었다.

그러나 김두찬은 샘의 제안을 거절하지 않았다.

"좋아요. 제가 해보죠."

"작가님, 괜찮으시겠어요?"

"시나리오 공부는 전부터 계속 해왔어요. 영어는 말하고 듣고 쓰는 게 다 가능해요."

"작가님께서 그러시다면……."

민중식이 그제야 조금 얼굴을 풀었다.

이를 지켜보던 샘이 한마디를 건넸다.

"민 사장님은 김 작가님의 훌륭한 파트너로군요."

둘 사이에 오간 대화를 알아듣지는 못했지만 분위기로 어떤 상황인지 간파한 샘이었다.

"맞아요. 최고의 파트너입니다."

"하하! 좋습니다. 나와 레이첼도 못지않게 최고의 프렌드십을 자랑하죠."

레이첼이 바로 샘에게 팔짱을 끼고서는 어깨에 머리를 기댔다.

"감독님이랑 한 작품만 네 개니까요."

레이첼이 찍은 여덟 작품의 영화 중 반이 샘 레넌의 것이었다.

"그럼 우리 계약은 이대로 진행하는 걸로 합시다."

"제가 미국 땅에 따라가서 일해야 하는 건 아니겠죠?"

"상관없습니다, 어떻게 하든. 김 작가님 편한 대로 하세요. 만약 미국에 오시겠다면 제가 편히 지낼 수 있도록 최선을 다하겠습니다."

"그런 일적으로 가는 것 말고, 여행 삼아 갔을 때 한번 부탁드릴게요."

"일은 한국에서 진행하는 게 편한 모양이군요."

"네. 시나리오 말고도 한국에서 해야 하는 일들이 많으니까요. 무엇보다 학교도 아직 다니는 중이고."

"그렇군요. 편한 대로 하세요. 나는 김 작가님을 믿어요. 게다가 글로벌 시대이니만큼 회의가 필요할 땐 화상 통화를 이용하면 되지 않겠어요? 혹시 모르시나요? 화상 채팅이 뭐냐면……."

짓궂은 농담을 시작하려는 샘의 옆구리를 레이첼이 웃으며 쿡 찔렀다.

그 익살스러움에 김두찬도 웃음을 터뜨렸다.

샘이 김두찬에게 손을 내밀었다.

"잘 부탁합니다. 파트너."

"저도요."

레이첼이 동시에 손을 내밀었다.

이건 누가 봐도 어떤 손을 먼저 잡을지 선택하라는 얘기였다.

김두찬은 레이첼에게 미소만 던져주고서 샘의 손을 잡았다.

그에 허전해진 레이첼이 손을 거두려 하는데.

"잘 부탁합니다."

민중식 사장이 수줍은 얼굴로 그녀의 손을 살포시 잡았다.

그 모습이 레이첼은 제법 귀엽다고 느꼈다.

*   *   *

술자리는 2차, 3차로 이어졌고 결국 동이 틀 무렵 정도 되어서야 끝났다.

김두찬은 두 사람을 인근 호텔에 투숙하게 해주었다.

다행히 스위트룸이 비어 있었다.

1박에 90만 원이나 했지만 자신을 보겠다고 소중한 시간을 들여 비행기까지 타고 날아온 손님들에게 그 정도야 아무것도 아니었다.

레이첼은 김두찬에게 방에서 한잔 더 하고 가기를 권했다.

그러나 김두찬은 한숨 자고 일어나서 다시 만나자는 말로 이별을 고했다.

술자리가 끝날 때까지 근처 모텔에서 푹 잠을 잔 장대찬은 김두찬의 연락을 받자마자 밴을 끌고 나왔다.

김두찬과 민중식은 밴에 올라탔다.

민중식이 의자에 등을 대자마자 크게 한숨을 내쉬었다.

"하아, 정말 엄청난 날이었습니다."

"그러게요. 한데 오늘 모임에 영문으로 작성된 계약서를 들고 나오실 줄은 생각도 못 했어요."

"허허허. 일이 어찌 될지 모르니 미리 준비해 둔 것뿐이었습니다."

민중식은 고깃집에서 서로 간의 합의가 완만히 마무리되어 악수를 나누자마자 계약서를 꺼내 들었다.

샘은 계약서를 빠르게 읽어보더니 사인을 했다.

김두찬과 민중식도 사인을 했다.

이후에는 샘이 다시 계약서 두 부를 내밀었다.

거기엔 샘의 회사 측에서 제안하는 계약에 관한 내용들이 적혀 있었다.

한데 묘하게 아띠 출판사에서 내놓은 계약 조건과 부딪히는 항목이 전혀 없었다.

만약 그런 게 있었다면 샘이 민중식에게 계약에 관한 얘기를 들었을 때 이미 말을 했을 것이다.

김두찬과 민중식은 샘의 계약서에도 사인을 했다.

그렇게 아띠 출판사와 김두찬, 그리고 샘 레넌 사이의 계약이 완료되었다.

"이제 정말 세계로 나가게 되겠군요."

민중식은 술을 많이 마셔 몽롱한 상태로 말했다.

"그러네요."

민중식이 저도 모르게 김두찬의 손을 살며시 잡았다.

김두찬이 놀라서 민중식을 바라봤다.

그의 눈은 이미 감겨 있었다.

민중식은 의식이 수마 속으로 침잠하기 전, 웅얼거리듯 한 마디를 건넸다.

"정말… 정말 감사합니다, 김 작가님……."

＊　　　＊　　　＊

민중식을 저택에 무사히 내려주고 집에 돌아오니 이미 아침이었다.

부모님은 일찍부터 식당에 나가 안 계셨다.

김두찬이 자기 방으로 올라가 잠을 청하려고 했다.

그런데.

쿵쾅! 쿵쾅!

김두리의 방에서 또다시 쿵쾅거리는 소리가 들려왔다.

어제에 이어서 오늘도 춤 연습을 하는 모양이었다.

왜 그렇게 춤에 집착하는지 궁금해서 물어보고 싶었지만 지금은 잠이 우선이었다.

김두찬이 침대에 누워 눈을 감았다.

그리고 잠에 빠지려는 순간.

'근데 어제 두리 저 녀석… 학교에 있을 시간 아니었나?'

김두리가 어제 학교에 있을 시간임에도 집에서 춤 연습을 하고 있었다는 걸 뒤늦게 깨달았다.

거기에 대해서 어찌 된 연유인지 물어보고 싶었지만 강력한 수마가 김두찬을 놓아주지 않았다.

결국 쿵쾅거리는 소리를 들으며 김두찬은 깊은 잠에 빠져들었다.

*   *   *

김두찬은 채 네 시간을 못 자고서 눈을 떴다.

원인은 쉴 새 없이 쿵쾅대는 옆방의 소음 때문이었다.

"끄응."

졸린 눈을 비비며 신음을 흘린 김두찬이 시간을 확인했다.

오전 11시가 조금 넘어 있었다.

김두찬이 머리를 마구 헝클어뜨리며 김두리의 방으로 향했다.

똑똑.

노크를 하자 쿵쾅거리는 소리가 멈추고 음악 소리만 흘러나왔다.

이윽고 문이 벌컥 열렸다.

순간, 김두찬은 놀라서 뒤로 한 걸음 물러났다.

열린 문 너머에는 땀으로 범벅이 돼서 흐느적거리는 생명체가 자신을 올려다보고 있었다.

"헤엑, 헤엑. 오빠, 헤엑. 왜?"

"두리야… 너 아침부터 지금까지 계속 춤춘 거야?"

"응. 헤에엑, 휘유우."

김두리가 겨우 숨을 고르고서 얼굴 가득 흘러내리는 땀을 닦았다.

"왜 갑자기 그렇게 춤에 집착해? 아니, 그보다 어제는 학교 안 갔니?"

"갔다 왔지!"

"낮에 집에 있었잖아?"

"오전 수업만 하고 끝났어. 나 얼마전에 수능 봤잖아."

"…수능 봤어?"

"오빠 몰랐어?"

"나한테 얘기했어?"

"아, 안 했다. 아니, 그럴 새가 없었어! 요새 오빠 엄청 바빴잖아. 엄마 아빠랑도 거의 대화 못 했지?"

"그렇긴… 했지."

"일 때문에 정신없는 사람한테 수능이니 뭐니 신경 쓰이게 할 수 없잖아."

김두찬은 조금 놀라 김두리를 아래위로 쳐다봤다.

'이 녀석이 언제 이렇게 어른스러워졌지?'

그저 자기밖에 모르는 어린아이라고 생각했었다.

그런데 몇 달이 지나 성인이 될 날을 코앞에 두니 제법 어른스러운 모습이 보였다.

"아무튼 나 춤 연습해야 하니까 이제 방해하지 말아줘."

"아, 그래, 춤. 왜 갑자기 춤바람이 난 거야?"

"춤바람이라니! 오디션 연습하는 중이거든?"

"오디션?"

김두리가 검지로 김두찬을 척 가리켰다.

"나도 태평예술대학에 들어갈 거야!"

"네 성적으로?"

"태평예술대학교 연기과 수시 모집 요강 보니까 실기 100%던데? 거기에 시, 도 단위에서 받은 상장이 있으면 추가 점수 얻을 수 있고."

"그래?"

"응. 태평예술대학 말고 다른 대학도 그런 곳 제법 있더라고. 근데 난 태평예술대학 가고 싶어."

"왜?"

그 물음에 김두리가 배시시 웃었다.

"울 오빠 덕 좀 보려고, 헤헤."

김두찬은 지금 태평예술대학에서 모르는 사람이 없는 유명인이었다.

게다가 학생들 사이에서 김두찬의 이미지는 상당히 좋았다.

학교 익명 게시판에는 김두찬에 대한 사랑 고백이 빗발쳤다.

김두찬의 작은 선행에 대해 알려주는 글들도 자주 올라왔다.

사실 선행이라고 해봤자 캠퍼스에 떨어진 쓰레기를 줍는다든가, 지나가다 넘어진 사람을 보고 일으켜 준다든가 하는 정도였다.

일반 학생이 그런 일을 했다면 그냥 착하다 정도 생각하고 넘길 일이었지만 김두찬이기 때문에 화제가 되는 것이었다.

그의 일거수일투족이 학생들에게는 관심의 대상이었다.

그런 상황이다 보니 김두찬의 여동생이 태평예술대학에 입학했다는 소문이 퍼지면 2년이 편해질 건 불 보듯 뻔했다.

"흠… 뭐, 아무래도 좋지만 오디션 준비한다면서 자꾸 춤은 왜 파고 있어?"

"내가 연기는 되는데 은근 몸치라서 춤이 안 돼."

"근데?"

"종종 댄스 가수라든가 발레리나 같은 역할을 맡게 될 때도 있단 말이야. 기본적으로 춤을 좀 출 줄 알면 몸을 움직이는 선이 예뻐지니까 그런 역할을 맡아도 노 프라블럼이잖아."

"네가 잘하는 역할을 연습해 가는 게 아니라 즉흥적으로 주어지는 역할을 연기해야 하는 거야?"

"그런 경우도 있고 아닌 경우도 있는데, 태평은 즉흥이야."

"흠… 근데 춤은 그냥 부가적인 요소잖아. 연기 자체에 더 힘을 주는 게 좋지 않을까?"

"나 연기는 문제없다니까? 더 완벽해지기 위해서 춤을 배우려는 거야."

"믿을 수가 있어야지."

김두찬이 팔짱을 끼고서 콧방귀를 꼈다.

그러자 돌연 김두리의 얼굴이 확 굳었다.

그녀가 고개를 푹 떨구고 두 주먹을 세게 쥐었다.

"두리야?"

갑작스럽게 김두리에게서 풍겨지는 기운이 확 변했다.

이어, 잔뜩 억눌린 음성이 그녀의 입에서 흘러나왔다.

"오빠가 뭘 안다고."

"응?"

"오빠가 뭘 아는데!"

김두리가 고개를 쳐들고 김두찬을 노려봤다.

부릅뜬 그녀의 두 눈엔 눈물이 그렁그렁 맺혀 있었다.

"오빠는 아무것도 몰라. 내가 그냥 가볍게 생각하고 설렁설

렁 연기해 온 건 줄 알아? 처음에는 그랬을지 몰라도 지금은
엄청 진지하단 말이야!"

김두리가 소리를 빽 질렀다.

눈에 맺혀 있던 눈물이 결국 주르륵 흘러내렸다.

그런 김두리를 가만히 바라보던 김두찬이 별 감흥 없는 목
소리로 한마디 했다.

"연기 어설프다."

"…연기인 거 알았다고?"

"응."

"내 눈물 연기 엄청 완벽했는데? 감정선도 레알 잘 살았고.
이보다 더 좋을 수 없을 정도였는걸?"

확실히 김두리의 연기는 나쁘지 않았다.

연극을 한다는 또래 애들 중에서도 수준급이었다.

때문에 시, 도 단위의 연극제에 나가 상을 제법 탔던 것이
다.

하지만 연기 랭크가 A인 김두찬에게는 어설퍼 보일 뿐이었
다.

"두리야, 네 연기 괜찮아. 그리고 진지하게 하는 것도 알아.
그런데 잘 생각해 봐. 대학이라는 건 전국에 있는 모든 학생
들이 모여들게 마련이야. 네가 경기도에서는 제법 날아다닌다
고 하지만 전국 대회에서는 한 번도 큰 상을 탄 적이 없잖아."

"……."

김두찬의 팩트 폭행에 김두리는 말문이 턱 막혔다.

전국 대회에 나가 상을 타보지 못한 건 아니다.

하지만 그 상의 사이즈가 작았다.

전국 대회에서 먹힐 만한 실력이라고 인정받으려면 적어도 세 손가락 안에는 들어야 했다.

"전국에서 뛰고 나는 애들이 우르르 몰려올 텐데 연기 연습을 더 하지는 못할망정 춤을 연습하겠다고? 내가 보기에는 부족한 연기 실력을 단기간에 늘릴 방법이 없으니까 차선책을 택한 것 같은데."

김두리는 정곡을 찔렸다.

연기는 당장 더 연습해 봤자 큰 발전이 없을 것 같았다.

그래서 부족하다 싶은 부분을 보완해서 전체적인 연기 밸런스라도 높여보려 한 것이다.

"그런 꼼수로는 절대 합격 못 한다, 너."

태평예술대학은 상당히 경쟁률이 높았다.

때문에 어지간한 실력으로는 들어가기가 힘들었다.

특히 연기과의 경쟁률은 더욱 심했다.

그중에서도 수시 같은 경우 내신이나 필기 없이 오로지 연기력만으로 판단하니 전국구로 놀던 학생들이 우르르 몰려든다.

"하아, 내가 꼼수를 부리고 싶어서 부린 건 아니야. 얼마 전부터 뭔가 보이지 않는 벽에 탁 막힌 것 같았어. 연기가 더 이상 늘지를 않아."

"흐음."

김두찬은 고민했다.

아무래도 김두리는 슬럼프에 빠진 것 같았다.

슬럼프라는 건 보통 한 단계 더 성장하기 전 오는 경우가 많다.

얘기를 듣자하니 김두리가 딱 그런 상황이었다.

'슬럼프를 깨고 한 단계 더 성장하는 게… 수시 보기 전에 가능할까?'

태평영상예술대학의 연기과 수시는 이제 일주일도 남지 않았다.

그 안에 어떠한 발전을 기대하기란 어려운 일이었다.

아울러 이 정도 실력으로는 분명히 수시에서 떨어진다.

정시는 필기에 내신까지 보니 더더욱 붙기 힘들 터였다.

'차라리 1년 재수하라고 해? 아니면 눈을 낮춰서 다른 대학에 가라고 해볼까?'

고민하던 김두찬의 머릿속에 문득 좋은 생각이 떠올랐다.

'혹시 레이첼과 만나게 해주면 무슨 해답이 나오지 않을까?'

한 단계 성장하기 전 맞닥뜨리는 슬럼프의 경우 어떤 깨달음을 얻으면서 극복하는 경우가 제법 있었다.

그 깨달음이라는 게 거창한 것도 아니다.

아주 간단하고 별것도 아닌데도 불구하고 손에 잘 쥐어지지 않는다.

김두찬은 그 계기를 레이첼과의 만남에서 김두리가 찾을 수 있지 않을까 싶었다.

"두리야."

"응?"

"너 할리우드 배우 중에 레이첼 라이언이라고 아니?"

레이첼의 이름을 듣자마자 김두리의 얼굴에 화색이 돌았다.

"당연하지! 내 롤모델 중 한 명인데! 그 언니 정말 멋지지 않아?"

"내가 만나게 해줄까?"

"뭐?"

김두리가 순간 굳어버렸다.

하지만 이내 콧방귀를 탕 뀌었다.

"됐어. 아무리 오빠라고 해도 그건 말도 안 되는 일이야."

그런 김두리의 반응에 김두찬이 씩 웃었다.

"만나게 해주면?"

"평생 존댓말 쓰고 존경하면서 오빠의 노예처럼 살게!"

"……"

"인사해, 두리야. 이분은 샘 레넌 감독님. 그리고 이쪽은 레이첼 라이언. Rachel. My younger sister, Doori Kim."

김두찬의 소개에 레이첼이 반색하며 김두리를 반겼다.

"어머나~ 너무 귀엽다. 19살이라고 했었나? 진짜 귀엽네. 피부 탱탱한 것 봐. 내 동생 삼고 싶어."

레이첼이 영어로 떠들어대는 소리를 김두리는 전혀 알아듣지 못했다.

영어는 젬병이었다.

아니, 영어를 제법 한다고 해도 지금 이 순간만큼은 아무런 소리도 들리지 않았을 것이다.

'레이첼… 진짜 레이첼이야… 엄마야……'

김두리는 스크린 속에서만 보던 레이첼이 자신의 눈앞에 서 있는 광경이 꿈만 같았다.

"오빠."

"응."

"여긴 어디… 난 누구……?"

"여기 식당이고 넌 김두리고. 됐지? 정신 차리고 소개시켜 줬을 때 원 없이 많이 봐. 어설픈 영어로 말도 좀 걸어보고 그래. 혹시 아니? 좋은 기운 받으면 슬럼프가 눈 녹듯 사라지지."

"이미 사라진 것 같아……."

김두찬 일행은 지금 구리에서 가장 유명한 한정식집에 와 있었다.

다행스럽게도 이 식당은 각자 방에 들어가 식사를 하는 구조인지라 김두찬 일행은 다른 사람의 시선을 신경 쓸 필요가 없었다.

김두리가 멍을 때리고 레이첼이 그런 김두리의 뺨을 꼬집으면서 귀여워하는 사이 음식들이 테이블에 전부 놓였다.

샘이 상다리가 부러지도록 올라온 음식들을 보며 매우 흡족해했다.

"이런 테이블엔 처음 앉아보는군요. 하하하!"

"맛있게 드세요, 감독님."

"잘 먹을게요, 작가님. 레이첼, 그만 귀여워하고 일단 먹지?"

"먹지 말라고 말려도 먹을 거예요. 두리야, 너도 먹어."

샘과 레이첼이 어설픈 젓가락질로 이런저런 음식들을 맛보기 시작했다.

매운 음식 빼고는 대부분 그들의 입맛에 맞는지 먹는 족족 감탄을 내뱉었다.

김두찬은 여전히 멍해 있는 김두리의 머리 위를 바라봤다.

진심도가 9였다.

이대로면 오늘 10을 찍을 것도 같았다.

"두리야. 그만 쳐다보고 먹어. 실례야."

"오빠."

"응?"

"내가 말한 거 지킬게요. 앞으로 평생 존댓말 쓰면서 오라버니라고 부를게요. 그리고 노예처럼 다뤄도 받아들일게요."

"야야, 닭살 돋아. 됐으니까 그냥 평소처럼 해. 밥이나 먹자."

"오빠… 진짜 나 오빠가 이렇게까지 글로벌하게 대단한 사람인 줄은 몰랐어. 이 기분을 뭐라고 말로 표현할 수가 없는 거 있지. 정말 고마워. 내 평생소원 중 하나를 오빠가 이뤄줬어."

그렇게 말하는 순간 김두리의 진심도가 10으로 올랐다.

[진심도를 1포인트 얻었습니다. 직접 포인트 100이 적립됩니다.]

[진심도 포인트가 10이 되었습니다. 특전으로 증강핵 하나를 얻게 됩니다.]

'럭키.'

증강핵이 하나 생겼다.

김두찬이 속으로 희희낙락하며 샘과 레이첼의 호감도를 살폈다.

샘의 호감도는 98, 레이첼은 93이었다.

어젯밤 샘의 호감도는 아침까지 술을 마시면서 지속적으로 올라갔다.

샘은 애주가이면서도 술이 세기로 유명했다.

그의 주변에는 술로 그를 당해낼 사람이 없었다.

해서 술을 마시다 보면 늘 혼자 깨어 있었다.

그것이 샘은 못마땅했는데, 김두찬은 그런 샘의 주량을 아무렇지도 않게 맞춰주었다.

거기에 샘의 호감도가 빠르게 올라가 레이첼의 호감도를 추월한 것이다.

지금도 샘의 호감도는 멈추지 않고 상승하는 중이었다.

어제 좋은 이미지로 기억된 김두찬이 맛있는 식당으로 그를 안내했기 때문이다.

'여기서 쐐기 골을 박자.'

김두찬이 샘을 불렀다.

"감독님."

"음?"

"음식은 입에 맞으세요?"

"아, 여기 한국이었죠? 난 여태까지 내 고향에 있는 줄 알았습니다."

그만큼 음식이 입에 잘 맞는다는 뜻이었다.

"그래요? 그럼 여기서……."

김두찬이 손으로 잔을 들어 꺾는 시늉을 해보였다.

이를 본 샘의 얼굴에 밝은 미소가 번졌다.

"좋아요!"

샘이 어제 술자리에 가르쳐 준 한국말로 대답했다.

그와 동시에 호감도가 100을 찍었다.

샘의 정수리에서 흘러나온 빛 덩어리가 김두찬의 몸으로 스며들었다.

[상대방의 가장 뛰어난 능력을 익혔습니다. 보너스 스탯이 추가되었습니다.]

김두찬이 얼른 상태창을 열었다.

Liking 88

사장님의 월권

김두찬의 상태창에 있는 패시브 능력의 맨 아래쪽에 '연출력'이라는 능력이 새로 추가되어 있었다.

  '연출력!'

  현재 김두찬에게 가장 필요한 능력이 바로 연출력이었다.

  며칠 전부터 김두찬은 웹툰에 도전했다.

  스토리, 그림 실력 무엇 하나 부족한 게 없는데 한 가지, 연출력이 부족했다.

  그런데 그 능력을 지금 샘 레넌 감독에게서 얻었다.

  그의 가장 뛰어난 능력이 바로 연출력이었던 것이다.

—축하해요, 두찬 님! 연출력이 필요하다고 생각했더니 샘 레넌 감독이 알아서 찾아와 떠먹여 주네요?

로나가 장난기 가득한 목소리로 말했다.

'이것도 업그레이드된 운 덕분인 거야?'

—그건 알 수 없답니다. 운 덕분일 수도, 두 분은 원래 만날 연이었던 것일 수도 있답니다.

'아무튼 간에 기분 최고야. 정말 멋져. 그렇지 않아, 로나?'

—네, 멋져요, 두찬 님.

김두찬은 순간 로나의 대답을 들으면서 그게 무슨 의미인지 생각했다.

이 상황이 멋지다고 한 김두찬의 말에 맞장구를 쳐준 건지, 김두찬이 멋지다고 한 건지.

대화의 맥락으로 보면 전자가 맞겠지만, 그녀의 대답 톤은 후자에 가까웠다.

하지만 로나가 쓸데없이 무의미한 칭찬을 던지지 않는다는 걸 김두찬은 잘 알고 있었기에 전자겠지 하며 넘겼다.

그때 새로운 시스템 메시지가 나타났다.

[보너스 미션]
샘 레넌의 호감도를 100으로 만드세요.—클리어!

'오케이.'

[보너스 미션을 클리어했으므로 보상이 주어집니다. 두찬 님의 능력 중 하나가 무작위로 한 단계 업그레이드됩니다.]

'윽, 춤이랑 높이뛰기 랭크 좀 올려놓을걸.'
시스템 메시지를 확인하자마자 김두찬은 후회했다.
무작위로 한 단계 랭크 업된 능력이 춤이나 높이뛰기라면 막심한 손해를 보는 꼴이다.

[보상이 주어졌습니다.]

김두찬은 과연 어떤 능력이 업그레이드됐을지 조마조마해하며 다음 메시지를 기다렸다.

[자각몽의 랭크가 SS로 업그레이드됐습니다. 랭크 업 특전이 주어집니다. 드림 룰러의 능력이 강화됩니다.]

김두찬이 드림 룰러를 자세히 살폈다.

[드림 룰러—패시브 능력. 꿈속 세상을 마음대로 조종한다. 자

신을 제어할 수 있게 된다. 어떤 캐릭터, 생명체로도 변할 수 있게 된다. 가보지 못했던 곳, 만나보지 못한 사람들을 등장시킬 수 있다. 또한 다른 사람의 꿈속 세상을 마음대로 조종할 수 있다.]

'이거… 괜찮은데.'

기존의 드림 룰러 능력은 자기 자신의 꿈을 마음대로 조종하는 힘이었다.

한데 업그레이드된 드림 룰러는 타인의 꿈까지 조종하는 것이 가능했다.

[퀘스트: 다섯 가지 보너스 미션을 모두 클리어해라. 1/5]

드디어 보너스 미션 하나를 클리어했다.

퀘스트를 완료하기까지 앞으로 네 개의 보너스 미션이 더 남았다.

'빨리 클리어하고 싶은데.'

마음은 굴뚝같지만 보너스 미션 자체가 랜덤으로 나타나는 것이니 언제 이 퀘스트를 완료하게 될지 알 수 없는 일이었다.

어차피 자력으로 해결되는 문제가 아니니 김두찬은 거기에 대해 더 생각지 않기로 했다.

샘과 레이첼은 여전히 음식을 음미하느라 바빴다.

김두리는 밥을 먹는 둥 마는 둥 하며 레이첼만 빤히 쳐다 봤다.

아직도 이 상황이 현실로 받아들여지지 않는 모양이었다.

그럴 만도 했다.

김두찬은 김두리에게 레이첼 라이언을 만나게 해준다고 하더니 당장 차를 몰고 서울로 향했다.

그러고는 어느 호텔 앞에 차를 대고서 로비로 향했고, 거기서 몇 마디를 하고 나니 레이첼과 샘이 나타났다.

두 사람은 김두찬과 반갑게 인사를 나눈 뒤, 차 뒷좌석에 탔다.

김두리는 그들과 인사할 생각도 못 한 채 목석처럼 굳었다.

사실 레이첼을 보는 순간 살짝 정신이 나간 것 같았다.

다시 정신을 수습했을 때는 한정식집에서 레이첼의 맞은편에 앉아 있었다.

"근데 두찬 씨 여동생, 배우가 꿈이라고 했죠?"

무심한 듯 물어본 레이첼이 떡갈비 한 점을 젓가락으로 푹 찍어 입에 넣었다.

"네. 곧 중요한 실기 시험이 있는데 요새 슬럼프에 빠진 것 같아요. 그래서 레이첼이 무슨 조언이라도 해줄 수 있지 않을까 싶어서 데리고 나왔어요."

"오, 그랬군요. 이렇게 맛있는 음식을 계속해서 대접받고 있으니 작은 도움이라도 줘야겠죠. 음······."

레이첼이 입을 오물거리며 김두리를 빤히 바라봤다.

김두리는 그런 레이첼의 시선을 마주 보지 못하고서 피했다.

"No. No. No."

레이첼이 고개를 저으며 김두리의 얼굴을 살며시 붙잡고 자신에게 돌렸다.

"히엑."

김두리가 놀라서 헛숨을 들이켰다.

그런 김두리에게 레이첼이 충고했다.

"나를 똑바로 봐요. 누구 앞에서도 주눅 들지 말고, 어떤 상황에 처하든 유머를 던질 줄 알아야 돼요."

유머를 던질 줄 알아야 한다는 건 여유를 잃지 말라는 뜻이었다.

김두찬은 레이첼의 말을 김두리가 알아듣기 쉽게 번역해 주었다.

레이첼의 얘기는 계속 이어졌다.

"연기라는 건 테크닉도 중요하지만 그보다는 기운이 반 이상이라고 생각해요. 항상 준비된 것 같은 모습을 보여줘야 해요. 긴장하지 말고, 두려워하지 말아요. 언제 어디서나 당당하게 가슴을 내밀어요. 연기가 늘지 않아서 힘들다고 얼굴 찌푸리지 말아요. 힘들어도 웃어요. 긍정적으로 생각해요. 긍정의 에너지는 결국 당신을 밝은 미래로 끌어줄 거예요."

김두찬의 입에서 바로바로 해석되어 흘러나오는 레이첼의 충고에 김두리는 열심히 고개를 끄덕였다.

"그리고 내가 말한 대로 행동하는 건 결국 일상에서도 연기 연습을 하는 것과 다름없어요."

"아……."

두려워도 그렇지 않은 척 웃는 것.

힘들어도 티내지 않는 것.

괴로운 일이 있어도 미소 짓는 것.

전부 연기였다.

결국 레이첼은 일상과 연기 연습을 따로 놓지 말고 하나로 묶어 생활하며 늘 긍정적인 생각을 가지라는 말을 해주고 싶었던 것이다.

김두리는 그녀의 말에 큰 깨달음을 얻었다.

여태까지 조금 무거웠던 김두리의 얼굴이 훨씬 가벼워졌다.

입가에는 희열에 찬 미소까지 걸려 있었다.

이를 본 레이첼이 활짝 웃었다.

"이제 됐어요, 작가님. 동생분 슬럼프 탈출했을 거야."

김두찬이 봐도 그런 것 같았다.

물론 그것 하나만으로 연기 실력이 갑자기 확 늘어 수시에 합격해 버리는 기적은 일어나지 않을 테지만, 슬럼프를 탈출한 것만으로도 다행이었다.

　─기적이 왜 안 일어날 거라고 생각해요?

　김두찬이 이제 머릿속을 비우고 음식 맛을 느끼는 데 집중하려는데, 로나가 말을 걸어왔다.

　'갑자기 무슨 소리야?'

　─두찬 님, 여태껏 기적이란 기적은 다 일으키고 다녔던 걸로 알고 있습니다만?

　생각해 보니 보통 사람으로서는 불가능한 일들을 어마어마하게 저지르고 다녔었다.

　이제 와서 기적이 먼 데 있는 것처럼 말하기에는 너무 먼 길을 왔다.

　'무슨 방법이라도 있는 거야?'

　─절 믿어보시면 김두리 양이 대학 수시에 합격하는 기적이 일어나도록 도와드릴게요.

　'믿을게.'

　─1도 고민 안 하시네요?

　'언제 네가 나 낭떠러지로 끌고 가서 민 적 있니. 한 번도 그런 적 없었잖아. 무조건 믿어.'

　─바로 그런 정신이랍니다. 자고로 GM의 말만 잘 들으면

자다가도 떡이 생기는 법이랍니다.

'이미 숱하게 경험해 봐서 잘 알지. 근데 이번에는 왜 갑자기 도와주겠다고 하는 거야?'

어떤 목적이 없이는 선의로 김두찬을 도와주는 일이 거의 없는 로나였다.

그래서 궁금했다.

한데 의외의 대답이 돌아왔다.

―이번엔 순수한 선의랍니다.

'어째서? 그래도 되는 거야? GM으로서의 본분을 망각하는 행위 같은데.'

―그러게나 말입니다. 이러면 안 되는데 자꾸 그렇게 되네요.

'이러다가 너 GM에서 잘리면 어쩌려고 그래?'

―잘리다니요. 제가요? 설마요. 그럴 리는 없답니다.

'그렇게 자신만만할 때가 아니야, 로나. 아무리 유능한 직원이라도 사장의 심기를 여러 번 거스르면 결국 모가지 날아가게 마련이라니까.'

김두찬은 진심으로 로나를 걱정했다.

인생 역전의 게임 속에 GM이 몇 명이나 있는 건지는 모른다. 아니, 그런 건 김두찬에게 별로 중요치 않았다.

김두찬은 그저 지금까지 쭉 같이 해오며 정이 든 로나 말고 다른 GM이 오는 게 싫었다.

시작을 같이한 만큼 엔딩까지도 줄곧 함께하고 싶었다.

그런 김두찬의 마음은 로나에게 고스란히 전해졌다.

로나는 저도 모르게 미소 지었다.

그러고는 김두찬이 화들짝 놀랄 만한 이야기를 들려주었다.

─제가 절 자르는 일은 없을 테니 걱정하지 않으셔도 된답니다.

'네가 너를 자르는 일은 없을 거라니 그게 무슨… 어? 서, 설마!'

─바로 그 설마예요. 인생 역전은 제가 만든 게임이랍니다.

'로나 네가 사장이었어?!'

─사장 겸 총 관리자랍니다. 따라서 가끔씩 제 기분에 따라 게임의 룰을 살짝 무시하는 건 괜찮답니다.

'그거야… 그렇겠지.'

사장이 자기가 만든 게임에서 월권 좀 행사하겠다는데 누가 뭐라 그러겠는가.

아무튼 김두찬은 전혀 짐작하지도 못했던 얘기를 들은 터라 머리가 멍했다.

그러다 문득 이상한 것이 있어 로나에게 물었다.

'아니, 그럼 GM으로서의 본분을 망각하면 안 된다고 반성했던 건 뭐야? 아무리 네가 만든 게임이라도 이런 식으로 막 월권해 버리면 불이익이 간다든가 하는 거 아니야?'

—제가 이러면 안 된다고 했던 이유는 김두찬의 홀로서기를 방해하게 될 것 같았기 때문이랍니다. 인생엔 답이 없답니다. 따라서 때로는 위기에 처하기도 하고, 어쩔 수 없는 상황을 담담히 받아들이기도 하죠. 그런데 지금처럼 이렇게 답을 주는 존재가 있다가 없어지면 세상의 무게가 갑자기 어깨를 콱 짓누르는 것 같은 압박감을 느낄지도 모른답니다.

'무슨 말인지 알았어. 하지만 그럴 일 없을 테니까 걱정하지 마.'

—저도 두찬 님을 믿는답니다. 그래도 만에 하나라는 것이 있으니 걱정이 되었던 것뿐이랍니다.

'그런 걱정은 고이 접어두고 말해줘. 김두리가 합격할 수 있는 방법이 있긴 있는 거야?'

—저는 힌트만 드릴 뿐, 방법은 두찬 님께서 찾아야 한답니다. 그리고 찾아낸 방법으로 두리 양을 교육시킨다 해도 수시에 합격할 수 있을지 없을지는 모르는 일이랍니다. 우리가 하려는 건 합격의 가능성을 높여주는 것이니까요.

'뭐든 좋아. 말해줘.'

—오늘 두리 양에게 얻은 증강핵이 하나 있죠?

'응.'

―그걸 두리 양의 앞날에 투자하도록 할 거랍니다. 상상력을 랭크 업해보세요.

김두찬은 로나가 시키는 대로 상상력에 중강핵을 투자했다.

[상상력의 랭크가 SS로 업그레이드됐습니다. 랭크 업 특전이 주어집니다. 상상 공유의 능력이 강화됩니다.]

김두찬이 강화된 상상 공유의 설명을 살폈다.

[상상 공유―하루 한 번, 다른 생명체 단일 대상의 깊은 의식 속 상상을 공유할 수 있다.]

'전과 별다를 게 없어. 다만, 의식 앞에 깊다는 수식어만 붙었을 뿐.'

전에는 상상 공유로 다른 생명체의 의식을 볼 수 있었는데, 지금은 깊은 의식을 볼 수 있다고 수정되었다.

'의식과 깊은 의식의 차이가 뭐야, 로나?'

―깊은 의식은 그 사람의 무의식에 각인되어 있는 모든 기억들까지 아우르는 것이랍니다. 이제까지는 상상 공유가 시전 대상이 요즘 가장 관심 있어 하는 생각에 대해서만 보여주었답니다. 그러나 오늘부터는 시전 대상의 전반적인 삶의 기억

을 공유해서 볼 수 있답니다.

'또 사기 능력치 터졌네.'

—싫으신가요?

'너무 좋아서 한 말이야.'

김두찬은 로나의 말을 듣는 순간 김두리를 대학에 보낼 수 있는 방법에 대해 바로 알아냈다.

그가 당장 레이첼에게 상상 공유를 사용했다.

상상 공유를 통해 들여다본 레이첼의 삶은 어마어마했다.

김두찬은 명함도 내밀지 못할 만큼 화려했고, 감히 짐작할 수 없을 정도로 격렬했다.

레이첼이 찬란히 빛나는 자신의 삶을 유지하기 위해 얼마나 치열하게 노력하는지 김두찬은 절절히 볼 수 있었다.

수면에 우아하게 뜬 백조처럼, 보이지 않는 수면 아래에서 그녀는 빠지지 않기 위해 계속 발을 놀렸다.

고작 24살의 나이에 그답지 않은 노련함과 당당함을 가지게 된 건 그럴 만한 이유가 있었던 것이다.

산전수전을 다 겪었다는 말은 바로 레이첼을 두고 하는 말이었다.

김두찬도 인생 역전을 만난 뒤 보통 사람들은 꿈도 꾸지 못할 화려한 삶을 영위해 왔다.

하지만 그런 김두찬조차 레이첼의 삶에 비하면 크게 대단치 않다고 느껴질 정도였다.

사람들은 그녀가 연예계에 데뷔한 이후 그저 잘 풀린 케이스라고 알고 있다.

그러나 그 이면에는 여러 가지 더러운 것들과 아픈 경험들, 상상조차 하기 싫을 만큼 치가 떨리는 나쁜 기억들이 많았다.

김두찬은 그 모든 것을 들여다봤다.

그리고 고스란히 자신의 안에 각인시켰다.

"으음."

상상 공유를 끝낸 김두찬이 정신을 차렸다.

현실에서의 시간은 단 5분이 흘렀지만 그에게는 억겁의 시간이 흐른 것만 같았다.

"작가님, 무슨 일 있어요?"

김두찬의 눈동자에 초점이 돌아왔다.

그러자마자 바로 보인 건 코가 닿을 듯 밀접해 있는 레이첼의 얼굴이었다.

그녀는 상을 손으로 짚고 상체를 앞으로 쭉 뻗은 상태였다.

전 세계의 수많은 그녀의 팬들이 한 번쯤 일어나기를 바라는 꿈 같은 상황이었다.

그러나 레이첼이 상대하고 있는 건 김두찬이었다.

그는 바로 얼굴을 뒤로 빼며 대답했다.

"네, 괜찮아요."

"밥 먹다 말고 갑자기 멍해지더니 묻는 말에 대답도 안 하시던데?"

"제가 깊은 생각에 빠져들면 멍해질 때가 종종 있어요."

"흐응~ 특이하네요."

레이첼이 콧소리를 내며 다시 엉덩이를 붙였다.

그러자 김두리가 김두찬에게 소곤댔다.

"근데 오빠 어쩜 그렇게 아무렇지가 않아?"

"뭐가?"

"레이첼 언니를 동네 아는 여자 사람 대하는 듯하잖아."

상상 공유로 엿본 레이첼의 삶은 존경할 만했다.

그러나 김두찬에게는 그냥 똑같은 사람, 그 이상도 이하도 아니었다.

애초에 김두찬은 배우에게 큰 관심이 없는 사람이었다.

오히려 애니메이션 감독이라든가 만화 작가를 만났다면 더 열광했을 것이다.

김두찬은 그런 사실까지 구구절절 설명할 필요성을 느끼지 못했다.

그래서 김두리의 머리를 가볍게 쓰다듬고 말았다.

그러자 김두리가 얼른 김두찬의 손을 잡고 고개를 절레절레 저었다.

"내 우상 앞에서 어린애 취급은 하지 말아줘, 오빠."

김두찬은 그런 여동생의 모습이 귀여워서 얼른 손을 내리며 장단을 맞춰줬다.

그러면서 한편으로는 김두리가 예전부터 제법 진지하게 연예인의 길을 생각하고 있었다는 걸 느꼈다.

연예인이 되겠다고 얘기했던 얼마 전까지만 하더라도 공부가 적성이 아니니 그나마 만만하다고 생각되는 걸 붙잡은 게 아닌가 싶었다.

그런데 레이첼이라는 거대한 배우 앞에서 맑게 빛나는 김두리의 눈동자는 단순한 설렘 그 이상의 선망과 열망이 담겨 있었다.

아울러 팬으로서가 아닌 같은 길을 가려 하는 사람으로서 인정받고자 하는 마음이 확연히 느껴졌다.

'그렇다면 첫 단추를 잘 꿰어야겠지.'

김두찬은 김두리를 어떻게든 태평예술대학 연기과에 입학시킬 셈이었다.

솔직히 지금의 식사 자리가 있기 전까지는 포기하고 있었다.

안타깝지만 김두리의 실력으로는 도저히 합격할 수가 없었다.

그런데 자각몽과 상상력의 랭크를 SS로 업그레이드하며 방법이 생겼다.

수시까지는 5일 정도가 남았다.

'그거면 됐어.'

김두찬이 생각하는 방법은 5일이면 효과를 보기에 충분했다.

오늘 밤부터 김두리는 자기가 원하지 않아도 연기 실력의 향상은 물론이며 내면까지 성장하게 될 것이다.

"휴, 멋진 식사였습니다."

"기대했던 것보다 훨씬 훌륭했어요."

샘과 레이첼은 상 위의 음식들을 싹 비워 버렸다.

두 사람은 만족스러운 얼굴로 김두찬에게 감사의 말을 전했다.

"그럼 일어날까요?"

"다음 코스는 어떻게 되나요?"

"일단 나가시죠."

김두찬은 자신 있게 일어섰다.

*　　　　*　　　　*

어젯밤 한국을 찾은 두 명의 외국인은 고운 한복을 차려입고 있었다.

그들뿐만이 아니었다.

김두찬과 김두리도 한복 차림이었다.

둘 다 아주 어렸을 적 말고는 이렇게 한복을 입어보는 것이 처음이었다.

"진짜 아름답네요."

"생각보다 편한데요?"

샘과 레이첼이 전신 거울에 본인들의 모습을 비춰보며 말했다.

"한국 사람들은 전통 의상을 자주 입나요?"

샘이 김두찬에게 물었다.

"아니요. 요새는 그렇게 자주 입지 않아요."

"그래요? 안타깝군요. 자국의 문화를 발전시키고 아껴줘야 할 텐데요."

그 말에 김두찬이 쓴웃음을 지었다.

현재 네 사람이 와 있는 곳은 인사동의 한복 대여점이었다.

샘과 레이첼은 한국의 전통 의상을 입고서 잔뜩 신이 났다.

김두찬은 대여비를 계산하고 가게를 나섰다.

순간.

찰칵! 찰칵! 찰칵!

"와아, 대박."

"레이첼이야. 레이첼!"

"김두찬 작가님… 개멋있어."

"야야… 저 외국인 샘 레넌 감독 아니냐?"

"마, 맞는 것 같은데?"

"주변의 기자들 봐. 어제 샘 레넌이 김두찬 보려고 한국 왔다는 기사 겁나 깔리더니 실화였어."

"근데 김두찬 작가랑 레이첼이랑 한복 입은 거 완전 현실감 없다."

"진짜 쩔어… 만찢남을 내 두 눈으로 직접 보는 날이 오다니."

"근데 저 여자애는 누구야? 나름 예쁘게 생겼는데?"

"예쁘긴 한데 듣보다."

"김두찬 동생이잖아. 김두리. 오빠 따라 방송 나왔던 이상한 여동생."

"아아! 생각났다! 아니 근데… 방송에서 봤던 것보다 훨 예쁜 거 같은데?"

"김두찬 동생인데 어련하겠냐. 우월한 유전자는 이길 수가 없는 더러운 세상 같으니라고."

찰칵! 찰칵! 찰칵!

사람들은 김두찬 일행을 보며 연신 감탄을 흘리며 수군댔다.

한편 김두찬의 흔적을 열심히 쫓아온 기자들은 계속해서 카메라 셔터를 눌러댔다.

김두찬은 물론 샘 레넌과 레이첼에게 궁금한 것이 산더미 같았다.

그러나 공식적으로 인터뷰를 요청한 것이 아니었기에 그저 사진만 담을 수밖에 없었다.

샘 레넌은 그런 기자들의 플래시 세례를 거북해하지 않고 즐겼다.

레이첼 역시 마찬가지였다.

그들은 인사동 거리를 거닐며 카메라 렌즈가 눈에 들어올 때마다 익살스러운 표정을 지어 보였다.

"하하하! 이런 이벤트 정말 마음에 들어요. 한국의 전통 복장을 입고 거리를 활보하다니. 기자들이 찍은 사진 전부 캡처해서 보내줄 수 있겠어요? 개인 메일 주소 알려줄게요."

레이첼이 김두찬에게 부탁했다.

"제 동생에게 알려주세요. 그럼 다른 누구한테 부탁하는 것보다 확실할 거예요."

김두찬의 반응에 레이첼의 눈이 가늘어졌다.

그녀는 고혹적인 미소를 머금고서 어깨로 김두찬의 어깨를
툭 쳤다.

"정말 빈틈없네요."

그런 두 사람을 지켜보고 있던 김두리가 레이첼이 뭐라 그
런 것이냐고 물었다.

김두찬은 방금 나눈 대화를 전해주었고, 김두리는 두 눈이
번쩍 뜨였다.

그런 김두리에게 레이첼이 명함 한 장을 건넸다.

"사진 꼭 부탁할게."

레이첼이 말을 하며 윙크를 날렸다.

김두리는 무슨 말인지 제대로 알아듣지 못했지만 대충 감
을 잡고서 고개를 끄덕였다.

"레이첼이… 나한테 윙크했어……."

김두리의 두 뺨이 붉게 달아올랐다.

한편 김두찬의 눈앞에서는 한참 전부터 시스템 메시지가
빠르게 나타났다가 위로 밀려 올라가는 중이었다.

[호감도를 3포인트 얻었습니다. 직접 포인트로 적립됩니다.]
[호감도를 5포인트 얻었습니다. 직접 포인트로 적립됩니다.]
[호감도를 7포인트 얻었습니다. 직접 포인트로 적립됩니다.]
…

[호감도를 3포인트 얻었습니다. 직접 포인트로 적립됩니다.]

순식간에 김두찬은 500이 넘는 직접 포인트를 획득했다.

주변의 구경꾼들과 기자, 그리고 레이첼의 호감도가 꾸준히 상승하고 있었다.

그러다 갑자기 어디선가 날아든 하얀 빛 무리 하나가 김두찬의 몸에 스며들었다.

[상대방의 가장 뛰어난 능력을 익혔습니다. 보너스 스탯이 추가되었습니다.]

'어?'

이건 누군가의 호감도가 100을 찍은 것이다.

김두찬이 저도 모르게 레이첼을 바라봤다.

하지만 레이첼의 호감도는 아직 98이었다.

'그럼 누구……?'

주변을 살피던 김두찬의 시선에 열심히 카메라로 자신을 찍는 여기자의 모습이 들어왔다.

그녀의 머리 위에 뜬 호감도 수치가 100이었다.

'아… 처음부터 호감도가 상당하더라니.'

그 여기자의 호감도는 애초부터 90이었다.

개인적으로 김두찬의 어마어마한 팬이었던 것이다.

팬카페에 가입한 것은 당연하고, 김두찬에 관한 기사를 쓸 땐 사심이 가득 들어갔다.

김두찬의 안 좋은 기사가 올라오거나 공격성 악플이 달릴 때는 그녀도 키보드 워리어가 되어 열심히 김두찬을 옹호했다.

아무튼 그런 상황이다 보니 실제로 김두찬을 보게 되자 90이었던 호감도가 100을 찍어버린 것이다.

김두찬이 상태창을 열어 새로운 능력치를 살폈다.

여기자에게 얻은 건 바로 '사진 촬영'이었다.

당장 필요한 능력은 아니지만 사진이라는 것 역시 예술의 한 분야이기에 김두찬은 기분이 좋았다.

생각지도 못한 상황에서 의외의 능력을 얻었다.

김두찬의 얼굴에 절로 미소가 어렸다.

그걸 본 레이첼이 어깨를 톡톡 두들겼다.

"김 작가님, 또 혼자 무슨 생각했어요?"

"아, 네."

"혹시 내 생각?"

김두찬이 피식 웃으며 고개를 저었다.

"아니요."

"아, 정말 딱딱하시네요."

"저는 사실만 얘기할 뿐이에요."

"아~ 그러시다면 지금 나 어떤지 솔직하게 한 번 말씀해 보세요."

레이첼이 잔뜩 기대하는 얼굴로 한복 치마를 살짝 들어 올리고서 빙글 돌았다.

그에 김두찬이 솔직한 감상을 얘기했다.

"그렇게 하지 않아도 레이첼은 충분히 예뻐요."

"어? 방금 나 예쁘다고 했죠?"

"네."

"처음으로 듣네. 하하!"

레이첼이 기분 좋게 웃었다.

한국에 넘어온 뒤 그녀는 김두찬에게 예쁘다는 말은커녕 한 번도 제대로 된 관심을 끌어보지 못했다.

대부분의 남자들은 자신이 노력하지 않아도 관심을 보인다.

지금도 길거리의 숱한 남자들이 레이첼에게 넋을 놓고 있지 않은가.

그런데 김두찬은 자신이 노력하고 있는데도 목석처럼 딱딱한 반응만 보일 뿐이었다.

한데 그런 사람의 입에서 예쁘다는 말이 나왔다.

순간 그녀의 호감도가 100까지 치솟았고, 정수리에서 환한

빛이 흘러나왔다.

'하나 더!'

방금 새로운 능력 하나를 얻었는데, 연이어 또 하나가 김두찬의 몸 안으로 스며들었다.

김두찬의 눈앞에 떠 있는 상태창에 새로운 능력 하나가 추가되었다.

레이첼이 세계적인 배우인 만큼 김두찬은 그녀의 가장 뛰어난 능력이 '연기'가 아닐까 생각했다.

만약 연기라고 하면 이미 정태조에게서 얻었기에 핵으로 치환할 터였다.

그런데 레이첼에게서 얻게 된 건 연기가 아니었다.

'이게 레이첼의 가장 뛰어난 능력이라고?'

능력을 확인한 김두찬이 속으로 헛웃음을 흘렸다.

'창작력: 0/3,200(A).'

새로 습득한 힘은 창작력이었다.

게다가 랭크는 처음부터 A.

창작력은 예술 작품들을 독창적으로 만들어낼 수 있는 능력이다.

그것은 상상력과는 또 다른 힘이었다.

상상력이란 자신이 경험하지 못해본 것들을 그려보는 힘이다.

이런 상상력은 남들과 겹치는 부분이 많았다.

하지만 창작력의 기본은 독창이다.

남들과 다른 나만의 것을 만들어내는 힘, 그것을 얻은 것이다.

김두찬의 상상력과 드림룰러, 손재주의 능력은 그의 창작력을 어마어마하게 키워준 상태였다.

그렇다 보니 랭크가 A로 책정된 건 당연한 현상이었다.

김두찬은 바로 창작력의 특전들을 살폈다.

[창작력 특전]

—E랭크 특전: F랭크보다 5% 더 창작력이 높아집니다.

—D랭크 특전: E랭크보다 5% 더 창작력이 높아집니다.

—C랭크 특전: D랭크보다 5% 더 창작력이 높아집니다.

—B랭크 특전: C랭크보다 5% 더 창작력이 높아집니다.

—A랭크 특전: B랭크보다 5% 더 창작력이 높아집니다.

'이건 상당히 좋은데?'

김두찬의 기본적인 창작력에 각 랭크 특전으로 전 랭크보다 5%씩 창작력이 배가 되었다.

즉 김두찬의 창작력은 특전으로 인해 이전보다 월등히 높아진 것이다.

'어제는 연출력에 오늘은 창작력이라.'

김두찬은 기분이 날아갈 것 같았다.

이틀 연속으로 달달한 꿀을 빨았다.

아니, 오늘 맛본 꿀이 더 달았다.

연출력은 범용성에서 어느 정도 한계가 있다.

하지만 창작력은 모든 창작의 기본이 되는 힘이다.

그것이 강화되었으니 호랑이에게 날개를 달아준 셈이었다.

'그나저나 설마 레이첼의 능력이 창작력이리라고는……'

김두찬이 레이첼에 대해 김두리만큼 관심이 있었다면 그녀에게서 얻은 능력이 당연하다 여겨졌을지도 모른다.

레이첼은 할리우드 역사상 가장 창조적인 배우로 불렸다.

그녀의 연기에서는 다른 어떤 배우의 모습도 보이지 않았다.

독보적이었다.

누군가의 영향을 받은 흔적이나, 존경하는 배우의 연기를 오마주하지도 않았다.

때문에 레이첼이 맡아 연기하는 배역은 항상 새로웠다.

아울러 그녀는 연기 말고 다른 여러 예술적 분야에서도 두각을 드러냈다.

어디서 제대로 배운 것도 아닌데 음악적 감각이 뛰어났다.

해서 가끔씩 혼자 앨범을 만들어 조용히 발매하곤 했다.

그렇게 세상에 나온 앨범에 총 세 장이다.

한데 타이틀곡이 전부 다 빌보드 차트 1위를 수성했다.

앨범 자체의 판매량 역시 베스트셀러에 올랐다.

어떠한 광고도 홍보도 없었다.

제작사나 소속사를 끼고서 준비한 프로젝트가 아니라 순수하게 본인의 돈으로 제작한 앨범이었기 때문이다.

그럼에도 이런 기염을 토했다.

그게 다가 아니었다.

레이첼은 그림과 사진 촬영에도 능했다.

그래서 그림과 사진을 접목한 작품들도 틈 날 때마다 만들어 나갔다.

그녀의 작품들은 하나같이 예술 작품으로서의 가치를 인정받았다. 전시회도 이미 다섯 번이나 열었다.

전시회에 출품된 작품 중 가장 비싸게 팔린 건 7만 달러를 호가했다.

그런 상황이니 레이첼의 능력이 창작력인 건 이상할 일이 아니었다.

김두찬은 레이첼을 만난 중 오늘이 가장 고마웠다.

*　　　　*　　　　*

한참 동안 인사동 거리를 거닐며 한국의 멋을 구경하다 보니 슬슬 저녁때가 다가오고 있었다.

김두찬 일행은 한복을 반납한 뒤, 김두찬이 직접 운전하는 차에 올랐다.

"저녁은 뭘 먹으러 갈 건가요?"

샘이 잔뜩 기대된다는 음성으로 물었다.

어제부터 오늘 점심까지 김두찬이 안내한 식당의 음식은 하나같이 맛있었기 때문이다.

김두찬은 그의 물음에 자신 있게 대답했다.

"여태 먹었던 것보다 더 맛있는 걸 먹으러 갈 거예요."

"와우! 기대할게요."

레이첼이 환호성을 지르며 좋아했다.

김두찬이 차를 몰아 도착한 곳은 구리시 먹자골목 내에 있는 식당이었다.

식당 주차장에 차를 대고 일행은 식당 안으로 들어섰다.

아니, 들어서려 했다.

그런데 식당 앞에 늘어선 줄이 한참이라 그럴 수가 없었다.

"웨이팅이 엄청난데요? 기다리려면 족히 한 시간은 있어야 하겠어요."

"기다리지 않을 겁니다. 전화로 테이크아웃을 부탁했거든요."

"오, 그게 가능한가요?"

"불가능하죠. 하지만 저는 예외예요."

"어째서요?"

"이 식당을 운영하시는 분이 제 부모님이시거든요."

"와우!"

샘과 레이첼이 놀란 얼굴로 박수를 치며 좋아했다.

김두찬 일행은 식당의 주방으로 이어지는 뒷문을 통해 식당으로 들어갔다.

그가 주방에 들어오니 열심히 설거지를 하던 알바생과 주방 보조 아주머니가 먼저 알아보고 반겼다.

"아! 작가님, 오셨어요?"

"두찬이랑 두리 왔구나! 언니~ 댁네 아들, 딸내미 왔어요! 근데 외국인 손님들이랑 같이 왔네?"

그에 정신없이 부대찌개 세 개를 동시에 만들어 홀로 내보낸 심현미가 화색 가득한 얼굴로 김두찬 일행을 반겼다.

"일찍 왔구나. 근데 뒤에 손님들은 누구셔?"

어제 심현미는 일을 하고 집에 들어가자마자 쓰러져 잠들기 바빴다.

요즘 몸살기가 있어서 집에 들어오면 무조건 눈부터 감았기 때문이다.

그래서 아들에 대한 기사를 전혀 접하지 못했다.

김두찬은 심현미에게 자초지종을 짧게 설명했다.

그러자 심현미가 놀라서 샘과 레이첼의 손을 덥석 잡았다.

"어머나, 정말 귀한 분들께서 오셨네. 그럼 부대찌개 포장 부탁한 게 이분들이랑 먹으려고 그런 거니?"

"네. 집에서 대접하려고 하는데 괜찮죠?"

"그럼! 영광이지. 그냥 하룻밤 푹 주무시고 가시라 그래. 손님방도 있잖니."

"네. 안 그래도 그럴 생각이에요."

"살다 보니까 이런 일도 다 있구나. 할리우드 감독님이랑 유명 여배우라니… 엄마 꿈꾸는 것 같아, 두찬아!"

"하하, 꿈 아니에요."

그때 김승진이 주방에 고개를 밀어 넣고서는 크게 소리쳤다.

"부대찌개 2인분 둘! 하나는 모둠 사리 추가! …어? 두찬아! 두리야!"

"아빠~!"

김두리가 김승진에게 달려가 폭 안겼다.

김승진이 그런 김두리의 머리를 쓰다듬었다.

"포장한 거 가져가려고 왔어?"

"응, 아빠! 소개할게. 할리우드 영화감독 샘 레넌이고, 세계적인 여배우 레이첼 라이언이야!"

김두리는 김두찬이 두 사람을 소개하기 전 얼른 선수를 쳤다.

김두리의 설명을 듣고 나서 낯선 외국인들을 살펴보는 김승진의 눈동자가 파르르 떨려왔다.

"…뭐?"

그런 김승진에게 다가온 샘과 레이첼이 영어로 인사를 건네며 악수를 나눴다.

김승진은 주방에 더 있고 싶은 눈치였지만 홀이 전쟁터라 어쩔 수 없이 다시 나가 버렸다.

심현미가 김두찬에게 포장해 놓은 부대찌개를 내어줬다.

"먼 데서 오신 손님들 잘 대접해 드려. 두리는 엄마 들어가서 고생 안 하게 뒷정리 좀 깔끔히 하고."

"왜 내가 해! 나도 바쁜데!"

"용돈 줄게."

"사실 한가하답니다, 어마마마."

용돈이라는 한 단어에 김두리는 바로 태세를 전환했다.

심현미가 그런 김두리의 엉덩이를 짝! 하고 때렸다.

"꺅!"

"어이구, 엉덩이 큰 거 봐라. 이제 어서 가봐."

"고생하세요, 엄마."

"푹 쉬어, 아들~"

샘과 레이첼이 심현미에게 인사를 건넸다.

심현미는 영어를 알아듣지 못해, '땡큐! 땡큐!' 하고 대답했다.

*   *   *

"와우!"

"이런 맛은 난생 처음이에요."

김두찬의 집에 초대되어 부대찌개를 맛본 샘과 레이첼의 눈이 번쩍 뜨였다.

그들은 몹시 흥분해서 서로 경쟁이라도 하듯 부대찌개의 놀라운 맛에 대해 떠들어댔다.

그 모습을 김두찬과 김두리가 뿌듯하게 바라봤다.

"이 멋진 음식에 술이 빠질 순 없지!"

샘이 테이블 위에 놓인 소주 한 병을 따서 김두리를 제외한 모두의 잔에 따랐다.

그때부터 점심에 이어 또다시 술판이 벌어졌다.

김두찬은 운전을 해야 하니 점심에는 술을 들지 않았었다.

그에 샘이 조금 아쉬워했지만 지금은 뺄 이유가 없었다.

세 사람은 여러 가지 대화를 나누며 열심히 술을 나눴다.

그렇게 이른 저녁부터 시작된 술자리는 10시가 되기도 전에 끝이 났다.

샘과 레이첼이 무서운 속도로 달리다가 뻗어버린 것이다.

김두찬은 테이블에서 늘어진 두 사람 중 샘을 1층 객실로, 레이첼을 2층 김두리의 방으로 들어서 옮겼다.

사실 레이첼은 김두찬의 방에 들이려 했지만, 김두리가 이를 만류했다.

이유는.

"내 침대에 눕혀줘, 오빠! 레이첼 언니 기운 받아서 대성하게!"

라는 것이었다.

그렇게 두 사람은 깊이 곯아떨어졌고 김두리는 오늘 하루 김두찬의 방에서 같이 자기로 했다.

으레 여동생이 친오빠 방에 들어오면 홀아비 냄새가 난다거나 지저분하다고 핀잔을 주게 마련이다.

하지만 김두찬의 방에서는 그런 걸 조금도 느낄 수가 없었다.

김두찬이 원체 지저분한 성격이 아닌지라 방은 항상 정갈하게 정돈되어 있었다.

게다가 은은한 향까지 났다.

덕분에 김두리는 샤워를 마치고 상쾌한 기분으로 누울 수 있었다.

당연히 침대는 김두리의 차지였다.

김두찬은 그 밑에 이불을 깔고 누웠다.

불 꺼진 방 안은 침묵이 흘렀다.

그러다 갑자기 김두리가 김두찬을 불렀다.

"오빠."

"응?"

"자?"

"응."

"아, 뭐야~"

"하하, 왜 불렀는데?"

"오늘 진짜 고마웠어. 나한테는 정말 꿈 같은 하루였어."

"그렇게 얘기해 주니 고맙다."

"근데 언제 발이 글로벌하게 넓어졌어?"

"어쩌다 보니까 그렇게 됐어."

"오빠를 완전히 다시 보게 된 거 알아?"

"응. 그런 것 같더라."

"어휴, 진짜 빈틈없어서 얄미워."

"예전에는 뭐 하나 제대로 하는 게 없어서 싫다더니."

김두찬의 말에 김두리가 감았던 눈을 떴다.

그러고 보니 몇 달 전까지만 해도 김두찬은 김두리의 기준에서 평균보다 한참 떨어지는 오빠였다.

그런데 지금은 그때와 180도 달라졌다.

"참 신기해. 어떻게 사람이 한순간에 그렇게 바뀌어?"

"나도 신기해. 그나저나 너 슬럼프는 어떻게 됐어?"

"말했잖아. 탈출한 것 같다고. 근데… 그렇다고 연기가 단숨에 느는 건 아니니까 태평예술대학 수시 합격은 무리겠지?"

"끝까지 희망을 버리지 마. 인생 알 수 없는 거야, 동생아."

"하아아, 모르겠어."

김두리가 땅이 꺼져라 한숨을 쉬는 그 순간, 김두찬의 눈앞에 시스템 메시지가 나타났다.

[보너스 미션 발동. 확인하시겠습니까?]
YES/NO

'두 번째 보너스 미션이다.'

김두찬은 바로 YES를 선택했다.

그러자 보너스 미션이 오픈됐다.

[보너스 미션]
김두리를 태평예술대학 연기과 수시에 합격시켜라.

'으음.'

김두찬이 속으로 침음성을 흘렸다.

설마하니 보너스 미션으로 이런 게 나올 줄은 짐작도 못 했었다.

물론 보너스 미션이 아니라고 해도 김두찬은 김두리를 합격시키기 위해 최선을 다할 참이었다.

하지만 세상 일 어찌 될지 모르는 법.

김두찬이 아무리 노력한다고 해도 안 될 일은 안 된다.

'이거… 최선이 아니라 사력을 다해야겠는데.'

보너스 미션은 실패하면 무작위 능력치 하나가 너프된다.

그러니 무슨 일이 있어도 성공을 시켜야 했다.

"두리야."

김두찬이 김두리를 작게 불렀다.

하지만 대답 대신 고른 숨소리만 들려올 뿐이었다.

조금 전까지만 해도 수시 걱정에 땅이 꺼져라 한숨을 쉬더니 1분도 안 돼서 잠이 들었다.

속이 좋은 건지, 단순한 건지 모를 녀석이었다.

김두찬이 감았던 눈을 뜨고 상체를 일으켜 김두리를 바라봤다.

'두리야. 오늘부터 매일 밤마다 오빠랑 열심히 달려보자. 내가 너, 반드시 합격시킨다.'

—건투를 빌게요.

김두찬의 다짐을 로나가 응원했다.

김두리를 바라보고 있던 김두찬의 눈동자가 깊어졌다. 이어, 김두찬은 강화된 드림 룰러의 힘을 사용해, 김두리의 꿈속 세상을 지배했다.

강화된 드림 룰러는 상대방의 꿈을 조종할 수 있었다.

타인의 꿈속에 들어가 보는 건 김두찬도 처음이었다.

하지만 자신의 꿈을 관조하는 것과 크게 다를 게 없었다.

김두찬은 김두리의 꿈속에서 제3자이자 전지적 존재의 시점으로 모든 것을 보고 있었다.

김두리는 오늘 하루 있었던 일들을 몇 배 더 크게 부풀려서 즐기는 중이었다.

배경은 한정식집에서 인사동으로, 다시 한정식집으로, 할리우드로, 레이첼의 영화 촬영장으로 정신없이 바뀌었다.

그리고 레이첼의 곁에는 김두리가 줄곧 함께였다.

레이첼은 김두리에게 홀딱 반해 간, 쓸개를 다 내어줄 것처럼 행동하고 있었다.

샘은 멀리서 그런 두 사람을 흐뭇하게 바라보고 있었다.

그러다 가끔 다가와 김두리에게 작품 제안을 하곤 했다.

'근데 나는 안 나오네?'

김두찬은 김두리에게 자신이 어떻게 비추어지는지 궁금했다.

하지만 꿈속 어디에도 김두찬의 모습은 없었다.

그에 조금 아쉬운 마음으로 꿈을 잠시 감상하다가 무언가 이상한 것을 느꼈다.

김두리의 꿈속 세상엔 밤이 찾아오지를 않았다.

'얘 꿈은 왜 계속 아침이야?'

그런 생각을 하며 하늘을 바라보고서 김두찬은 실소를 금치 못했다.

'허?'

하늘에 떠 있는 태양에 김두찬의 얼굴이 나타나 있었다.

즉, 김두리는 김두찬을 태양처럼 생각하고 있는 것이다.

태양이란 어둠을 밝혀주고 따듯한 온기를 전해주는 소중한 존재다.

김두리에게 김두찬이 딱 그러했다.

'그래도 제법 오빠 생각을 하고 있었네.'

김두찬은 비로소 마음이 풀어졌다.

'그럼 이제… 꿈을 재설정해 볼까.'

김두찬의 의식이 김두리의 의식 속으로 파고들어 갔다.

이어 그녀의 꿈을 순식간에 재설정했다.

김두찬은 김두리를 레이첼로 바꿔 버렸다.

'두리 너는 앞으로 꿈꿀 때마다 레이첼로 사는 거야.'

김두찬은 강화된 상상 공유로 레이첼 인생에 굵직굵직한 사건들을 전부 들여다봤다.

그것을 레이첼이 된 김두리에게 전부 적용시켰다.

이제 김두리는 겉모습뿐만 아니라 속까지 레이첼이 되어 행동하게 되는 것이다.

하룻밤 꿈속에서 보낼 수 있는 시간은 최대 10일이다.

앞으로 태평예술대학 연기과 수시까지 남은 시간은 6일.

즉, 김두리는 총 60일이라는 시간을 레이첼로 살아갈 수 있는 것이다.

무려 두 달이다.

두 달을 세계적인 배우로 빙의되어 살게 되면 연기 실력이 크게 발전할 거라고 김두찬은 믿었다.

김두리의 꿈을 원하는 대로 설정한 김두찬은 드림 룰러를 끝냈다.

"후우."

여동생의 의식 속에서 빠져나온 김두찬이 나직이 숨을 내쉬었다.

타인의 꿈을 조종한다는 건 생각보다 많은 심력을 소모하게 만들었다.

녹초가 된 김두찬이 그대로 이불 위에 드러누워 대자로 뻗었다.

"레이첼한테 많이 배워라, 두리야."

자신의 바람을 허공에 흘려보낸 김두찬이 천천히 눈을 감았다.

＊　　　　　＊　　　　　＊

　일요일 아침.

　김두리는 맑은 정신으로 잠에서 깼다.

　그녀는 한동안 아무 말도 못 하고서 눈만 깜빡였다.

　그러다 한참 만에 입을 열었다.

　"이거 뭐지……?"

　간밤에 꾼 꿈들이 생생하게 떠올랐다.

　꿈속에서 자신은 레이첼이 되어 있었다.

　그리고 레이첼로서 열흘을 살았다.

　신기하게도 그녀는 레이첼이 어떤 사람이고, 어찌 살아왔는지 모든 것을 알 수 있었다.

　"그거야… 내 꿈이니까 내가 멋대로 설정한 거겠지. 근데… 내 머리가 그렇게까지 디테일한 설정을 만들어냈다고?"

　스스로에 대해 심각하게 고찰하던 김두리가 고개를 내저었다.

　"불가능한데……."

　도저히 상식적으로 설명이 안 되는 상황에 혼란스러웠다.

그때 방문이 열리며 김두찬이 들어왔다.

"일어났어? 밥 먹으러 내려와."

"오빠!"

김두리가 침대에서 튕겨지듯이 일어나 김두찬의 앞에 섰다.

"나 엄청 이상한 꿈꿨어! 꿈속에서 내가 레이첼 언니가 됐다니까?"

"그게 뭐가 이상해?"

"아니, 너무 리얼했어. 그리고 한 사람의 인생을 내가 만들어냈다니까?"

"무슨 소린지 모르겠네. 잠 덜 깼니?"

"그게 아니라… 아으, 그냥 설명하는 걸 포기해야 하나? 와 방 어렵네. 그러니까 무슨 얘기냐면~"

"엄마가 돼지고기 김치찌개 끓여놨더라."

"잘 먹겠습니다!"

조금 전까지 머리를 감싸쥐고 괴로워하던 김두리가 바람처럼 1층으로 내려갔다.

"효과가 확실히 있긴 했나 보네."

*　　　　*　　　　*

샘과 레이첼은 돼지고기 김치찌개도 마음에 들어 했다.

그런 두 사람을 김두리가 신기하게 쳐다봤다.

"오빠, 저분들 입맛은 완전 토종 한국인 같아. 외국인한테 한국 음식이 저렇게까지 잘 맞을 수가 있는 거야?"

"그러게."

"근데 나 오늘 기분이 좀 이상해."

"왜?"

"뭔가 좀… 자신감이 붙은 것 같아."

"갑자기?"

"응. 왜 그런지는 모르겠는데 어제 못했던 연기를 오늘은 할 수 있을 것 같은 느낌적인 느낌이 들어."

"정말로 그랬으면 좋겠다."

김두찬은 모른 척 김두리의 말에 맞장구를 쳐줬다.

그러고는 남은 밥을 국에 퍽퍽 말았다.

이를 본 샘과 레이첼이 똑같이 따라했다.

"와, 이거 정말 맛있는걸."

"이 수프는 이렇게 먹는 게 정답인 것 같은데요?"

샘과 레이첼이 김치찌개 맛에 감탄하며 한마디씩 주고받았다.

그때 김두찬의 스마트폰에서 알람이 울렸다.

시간을 보니 8시 55분이었다.

"아, 내 친구 당끼 할 시간이다."

"아, 맞다! 오늘 일요일이지?"

김두리가 얼른 리모컨을 가져와 텔레비전을 틀었다.

그리고 유니버스로 채널을 돌렸다.

그녀의 행동에 모든 이의 시선이 텔레비전으로 향했다.

"이 시간에 꼭 챙겨 보는 프로그램이 있나 보군요?"

샘이 김두찬에게 물었다.

"네. 아동용 애니메이션이에요."

"애니메이션이요? 그런 것도 봅니까?"

"싫어하세요?"

"설마요! 정말 좋아하죠. 아직까지도 새로 나오는 애니메이션들을 꾸준히 섭렵하고 있습니다. 하하하!"

김두찬과 샘이 몇 마디 대화를 주고받는 사이 내 사랑 당끼의 오프닝 곡이 흘러나왔다.

"콰이엇! 콰이엇! 룩 텔레비전!"

김두리가 소란을 떨며 텔레비전을 가리켰다.

식사를 거의 마친 네 사람은 내 사랑 당끼의 오프닝에 집중했다.

흥겨우면서도 기억하기 쉬운 멜로디가 모두의 귀에 쏙쏙 꽂혔다.

오프닝이 끝나고 지난주에 이어 2화가 시작되었다.

김두찬이 만들어낸 캐릭터들이 등장해 대사를 뱉자마자 레이첼이 비명을 질렀다.

"꺄악~ 정말 귀엽다!"

그녀는 남은 밥을 입에 털어놓고서는 텔레비전 가까이에 가서 앉았다.

그러자 은근슬쩍 김두리가 그녀의 옆자리에 엉덩이를 깔고 앉았다.

레이첼은 그런 김두리를 보고 미소 짓더니 친근하게 어깨에 손을 둘렀다.

'끄아아아아! 심봤다!'

김두리가 저도 모르게 두 주먹을 불끈 쥐었다.

애니메이션은 계속해서 진행됐다.

캐릭터들이 귀여운 건 당연했고, 한국에서 만든 방송용 애니메이션이라고는 볼 수 없을 만큼 퀄리티가 대단했다.

아울러 자막이 없음에도 샘과 레이첼은 2화의 내용이 무언지 전부 이해할 수 있었다.

내용이 단순하면서도 흥미로웠다.

20분 동안 네 사람은 말 한마디 없이 내 친구 당끼에 집중했다.

그리고 애니메이션이 다 끝난 뒤 엔딩곡이 나올 때.

짝짝짝짝짝짝짝!

"브라보!"

샘이 박수를 치며 환호했다.

그는 격한 감동에 고개를 절레절레 저었다.

"정말 훌륭한 애니메이션이었어요, 작가님."

"그랬나요?"

"기승전결이 완벽한 데다 내용이 쉽고 간결합니다. 그런데 긴장감을 지속적으로 끌고 가요. 이런 식으로 진행하면 뒷내용이 궁금해서 한시도 눈을 뗄 수 없게 만들죠. 제 영화가 전부 그렇듯이 말예요. 이 애니메이션 제목이 뭡니까?"

"내 친구 당끼예요(My friend Danggi)."

"내 친구 당끼라. 정말 잘 만든 애니메이션이었어요. 그렇지, 레이첼?"

"잠깐만. 조금 있다가 말 걸어줄래요? 아직 당끼가 준 여운에서 빠져나오지 못했어요. 아니, 조금 더 이 여운을 즐기고 싶어요, 후아아."

샘이 어깨를 으쓱했다.

"봤죠? 레이첼이 저 정도 반응 보인 거면 말 다한 겁니다. 김 작가님, 혹시 저 애니메이션을 집필한 작가가 누군지 아십니까?"

김두찬이 알람까지 맞춰놓고 애니메이션을 본방 사수했다.

그건 단순히 애니메이션이 재미있기 때문일 수도 있지만, 그것보단 아는 사람이 집필한 작품이라 품평을 위해 봐준 것이라고 샘은 짐작했다.

김두찬은 고개를 끄덕였다.

"네, 압니다."

"그래요?"

샘의 얼굴에 화색이 돌았다.

그가 김두찬에 바짝 다가가 앉았다.

"그럼 그 작가와 만나게 해줄 수 있습니까?"

샘의 부탁에 김두찬이 씩 웃고서는 대답했다.

"지금 눈앞에 있잖습니까."

"…신이시여."

샘은 김두찬을 만난 이후 가장 놀랐다.

저 완벽한 애니메이션의 시나리오를 집필한 사람이 바로 김두찬이었다니!

"김 작가님의 깊이가 어느 정도인지 가늠할 수 없군요."

샘이 감탄을 터뜨리자 김두리가 갑자기 끼어들었다.

"그게 다가 아니에요! 그림도 우리 오빠가 그렸어요!"

샘은 김두리가 무슨 말을 하는 건지 몰라 김두찬을 바라봤다.

그에 김두찬이 고개를 갸웃거리며 김두리에게 물었다.

"두리야, 너 샘 감독님이 한 얘기 알아들었어?"

그러자 김두리의 표정이 일순 멍해졌다.

"어? 어… 어라? 에엥?"

"뭐야, 그 반응은?"

"아니… 나 생각해 보니까 아까부터 대충은 알아듣고 있었어. 뭐야? 갑자기 영어가 막 들려! 외국인이랑 같이 지낸 지하루 만에? 헐, 이게 말이 돼, 오빠? 보통은 외국 가서 반년은 살아야 영어가 들린다던데? 혹시 나 천재인 거 아닐까? 꺅!"

김두리가 온갖 망상의 나래를 펼치며 기뻐했다.

폴짝폴짝 뛰는 김두리를 보며 김두찬은 생각했다.

'드림 룰러 덕분이야.'

드림 룰러의 능력으로 김두리는 어젯밤 꿈속에서 열흘 동안 완벽한 레이첼로 살았다.

김두찬이 상상 공유로 얻은 그녀의 모든 것이 김두리에게 스며든 것이다.

그 덕분에 김두리의 귀에도 영어가 들리기 시작했다.

'이거 어쩌면… 일주일 만에 회화를 마스터할지도 모르겠는데.'

김두찬은 그저 연기력만 늘려주려고 한 것이었는데, 설마 이런 보너스 효과를 얻게 될 줄은 몰랐다.

그때, 샘이 김두찬을 툭 건드렸다.

"작가님, 동생분이 뭐라고 한 거죠?"

"아, 당끼의 캐릭터 디자인을 제가 했다고 말한 겁니다."

"그게 정말입니까?"

"네."

샘의 시선이 거의 끝나가는 당끼의 엔딩곡으로 향했다.

브라운관에서는 당끼의 모든 캐릭터들이 흥겨운 엔딩곡에 맞춰 열심히 율동을 하고 있었다.

레이첼은 그 율동을 따라하며 즐거워했다.

"저 귀엽고 개성 넘치는, 완벽한 캐릭터들을 세상에 내놓은 게 김 작가님이시라고요?"

"네, 맞아요."

"대체 얼마나 더 나를 놀라게 만들 셈입니까? 맙소사."

샘은 놀라다 못해 기력이 빠져나가는 기분이었다.

그러나 한편으로는 근래 가장 매력 있는 천재와 조우한 것에 대한 희열로 하늘을 날아갈 것 같았다.

"제안을 하나 하죠."

정신을 차린 샘이 진지한 시선으로 김두찬을 바라봤다.

"얼마든지요."

"내가 미국으로 돌아가면 당장 다즈니 스튜디오에 연락할 겁니다."

다즈니 스튜디오는 미국에서 가장 큰 애니메이션 회사다.

전 세계적으로 히트를 친 굵직굵직한 애니메이션을 20년 전부터 줄곧 만들어오고 있는 흥행 불패의 회사가 바로 다즈니였다.

"그래서 내 눈앞에 있는 이 젊은 천재를 그들에게 추천할 겁니다."

샘의 예상치 못한 얘기에 김두찬의 가슴이 두근거렸다. 입가엔 기분 좋은 미소가 어렸다.

샘이 검지로 위를 가리키며 물었다.

"Are you ready to fly(날아오를 준비 됐습니까)?"

김두찬이 고개를 끄덕이며 대답했다.

"Of course(물론)."

Liking 90
그냥 날 괴롭혀!

레이첼과 샘이 한국에 머무는 마지막 밤.

김두찬은 정미연과 함께 타국의 손님들을 대접하기로 했다.

이미 샘과 레이첼의 일거수일투족은 한국의 언론에서 꾸준히 관심을 가지고 있는 상황이었다.

때문에 어디를 가든 노출된 장소에서는 항상 카메라가 따라다녔다.

그래서 정미연은 그들을 자신의 집으로 초대했다.

정미연의 집 안에서는 조촐한 송별회가 벌어졌다.

정미연은 손수 만든 음식들을 내왔고, 거기에 어울리는 좋은 술을 권했다.

"오늘 이렇게 찾아와 주셔서 감사해요. 화려하진 않지만 아늑하게 즐기다 가실 수 있을 거예요."

"충분히 마음에 들어요, 미연 씨."

샘은 이미 정미연을 처음 보는 순간 그녀의 미모에 입꼬리가 귀까지 올라간 상태였다.

그는 미인 앞에서 설레는 마음을 전혀 감추지 않았다.

있는 그대로 즐겼다.

그렇다고 샘이 정미연을 유혹하고 싶다든가 하는 건 아니었다.

다만, 아름다운 사람을 보며 느끼는 감정에 대해 감추려 하지 않는 것뿐이었다.

샘은 그랬다.

항상 솔직하고 담백했다.

뒤가 구린 사람이 아니었고, 보이는 것이 전부였다.

반면 레이첼은 묘한 미소로 정미연을 대했다.

한국에 온 첫날부터 지금까지 조증 걸린 사람처럼 신이 나 있던 그녀가 지금은 대단히 차분해졌다.

그 원인 역시 정미연에게 있었다.

'…너무 예쁘잖아.'

레이첼은 정미연을 만나는 순간 인정할 수밖에 없었다.

그녀는 예뻤다.

여러 가지 다른 수식어가 다 필요 없었다.

얼굴을 보자마자 그게 당연한 것처럼 예쁘다는 생각이 들었다.

'나랑 비교하면… 그래도 내가 조금 더 예쁘지 않아?'

그리 생각하며 레이첼이 술잔을 들었다.

"미연 씨, 정말 예쁘네요. 내가 아무리 꼬리 쳐도 김 작가님이 넘어오지 않았던 이유가 있었어."

그 말에 정미연이 김두찬을 쳐다봤다.

"그랬었어?"

김두찬은 그 물음에 매우 모범적인 답안을 내놓았다.

"난 그렇게 못 느꼈는데."

말인즉, 유혹이라고 생각될 만큼 레이첼의 행동이 크게 어필되지 않았다는 것이다.

정미연이 만족스레 미소 지었고, 레이첼이 민망한 웃음을 흘렸다.

"하하하! 이렇게 창피당한 게 얼마만인지 모르겠어요, 나. 특히 남녀 관계에서."

레이첼은 잔에 있는 술을 훌쩍 넘기고서 어깨를 으쓱였다.

"졌어요, 미연 씨. 내가 도저히 이길 수 없는 여자네요."

"인정해 줘서 고마워요."

정미연은 유창하게 영어를 구사했다.

그녀가 이렇게까지 영어 회화에 능한 줄 몰랐던 김두찬이었기에 그 모습이 제법 놀라웠다.

물론 정미연도 김두찬의 현지인 같은 회화 실력에 똑같이 놀라는 중이었다.

"아무튼 한국에서의 마지막 날, 이렇게 아름다우신 레이디와 함께 술을 나누게 되어 영광입니다."

샘이 말을 돌리며 분위기를 전환했다.

"저도 두 분과 함께해서 영광이에요."

"음식 솜씨가 상당하네요?"

레이첼이 라자냐를 크게 떠서 입에 넣고 웅얼거렸다.

정미연은 오늘 라자냐와 오일 파스타, 해시 포테이토, 안심 스테이크, 시저 샐러드, 크림 스튜 등 양식 요리를 해서 그들을 대접했다.

김두찬에게 듣기로, 그들은 며칠 동안 한국 음식만 먹었다고 했다.

때문에 지금쯤이면 고국의 음식이 그리울 것 같았기 때문이다.

그녀의 생각은 적중했다.

샘과 레이첼 모두 만족스럽게 요리를 즐기고 있었다.

"미인은 외모를 가꾸는 데만 치중한다고 하는데 사실 그

반대라는 거 아시나요? 원래 예쁘니까 외모를 가꿀 필요가 없어요. 그냥 유지만 하면 되는 거예요. 그래서 남들보다 외모를 가꾸는 데 시간을 덜 들이죠. 그 대신 취미 생활에 시간을 투자합니다. 때문에 미인들이 손재주가 좋은 법이죠. 하하하하!"

샘이 짓궂은 농을 던졌다.

정미연에게는 일방적으로 기분이 좋은 얘기였다.

하지만 그녀는 이런 식의 농담을 썩 즐기지 않는 타입이었다.

"그건 단순히 일반화의 오류 같네요. 다들 경우가 다르겠죠. 얼굴만 믿고 아무것도 안 하려는 사람들도 수두룩하거든요. 남녀를 떠나서요."

"미연 씨 앞에서는 농담도 가려가며 해야겠군요. 하하하."

샘이 얼른 꼬리를 내렸다.

덕분에 술자리의 분위기가 어색해진다거나 하는 일은 없었다.

네 사람은 이후로도 한참 동안 술과 음식을 즐겼다.

정미연을 만나기 전까지만 해도 김두찬에게 계속 꼬리 치던 레이첼은 이제 아무런 추파도 던지지 않았다.

완벽한 패배감을 느꼈기 때문이다.

도저히 자기가 끼어들 틈이 없다는 게 피부로 와닿았다.

결국 두 사람이 보내는 한국에서의 마지막 밤은 별 사건 없이 기분 좋게 마무리되었다.

*   *   *

다음 날.

정미연의 집에서 잠을 자고 일어난 네 사람은 서둘러 외출 준비를 했다.

정미연은 일이 있어서 따로 나가봐야 했고, 김두찬은 샘과 레이첼을 공항에 데려다주기로 했다.

레이첼이 샤워를 하고 나와 옷을 갈아입으려 할 때였다.

"레이첼."

"음?"

정미연이 옷 한 벌을 레이첼에게 건넸다.

"입어봐요."

"맞다! 스타일리스트라고 했었죠?"

"노페이로 해드릴게요."

"영광이네요."

레이첼은 정미연이 건넨 옷을 받더니 그 자리에서 잠옷을 벗었다.

깜짝 놀란 김두찬이 얼른 뒤를 돌았다.

반면 샘은 흡족한 얼굴로 속옷 차림의 레이첼을 감상했다.

"개판이네."

정미연이 고개를 절레절레 저었다.

그러는 사이 옷을 갈아입은 레이첼은 전신 거울에 자신의 모습을 비춰보더니 행복에 겨운 비명을 질렀다.

"꺄악! 이거 뭐죠? 너무 맘에 들어요."

"내가 만든 옷인데 좋아요?"

"이걸 만들었다고요? 정말로?"

"아직 시판되는 건 아니고 곧 내가 운영하는 쇼핑몰에서 판매할 예정이에요."

"품격이 몇 배는 업그레이드된 기분이에요. 고풍스러우면서 섹시해."

"그게 내가 원하던 반응이에요."

레이첼의 반응이 마음에 든 정미연은 액세서리 몇 개를 가져와 채워줬다.

"이렇게 하면 더 빛날 거예요. 전체적으로는 레이첼이 신고 온 구두와도 어울리게 매치했으니까 위화감 없을 거고."

레이첼은 정미연의 말이 끝나자마자마자 구두를 집 안으로 가지고 들어와 신었다.

그러더니 감탄을 내뱉었다.

"말도 안 돼. 내 스타일리스트 열다섯 명보다 미연 씨가 훨씬 나아요."

레이첼이 정미연의 손을 덥석 잡았다.

"나랑 같이 갈래요? 여기서 당신이 받는 것보다 몇 배 이상의 돈을 줄게요."

레이첼의 제안은 진심이었다.

그녀는 정말로 정미연을 마음에 들어 하고 있었다.

"내 감각이 그쪽 동네에도 먹힌다는 게 대단히 영광스럽긴 하지만."

정미연이 레이첼에게서 손을 뺐다.

"아직 여기에서 해야 할 일들이 많거든요. 무엇보다……."

말을 하는 그녀의 시선이 여전히 등을 돌린 채 서 있는 김 두찬에게 향했다.

"저기 저 순진한 남자 친구를 두고 갈 순 없어서요."

"아… 그러네요. 정말 부러운 커플이야. 그나저나 이거 참 묘하네요."

"뭐가요?"

"어제까지만 해도 김 작가님을 가진 미연 씨가 부러웠는데, 지금은 미연 씨를 가진 김 작가님이 부러워요. 연인이 서로 너무 잘나서 그래."

"칭찬으로 들을게요. 두찬 씨!"

"응?"

정미연의 부름에 김두찬은 그제야 등을 돌렸다.

"나 이제 나가봐야 돼. 두 분 비행기 시간 맞추려면 같이 나가봐야 하지?"

"응."

"잘 배웅해 드려. 샘, 레이첼. 반갑고 즐거웠어요. 훗날 기회가 생긴다면 꼭 다시 보길 바랄게요. 조심해서 들어가세요."

정미연은 샘과 레이첼의 인사를 받을 새도 없이 집 밖으로 나가 버렸다.

그런데 다시 문을 열고 들어오더니 김두찬의 입술에 가볍게 키스를 하고 다시 나가 버렸다.

방 안에 한바탕 폭풍이 휘몰아치고 지나간 것 같았다.

*　　　　*　　　　*

11월 13일 오후, 인천공항.

김두찬은 샘과 레이첼을 마중해 주고 있었다.

두 사람의 티케팅은 퍼스트 클래스로 이미 끝난 상황이었다.

표값은 김두찬이 내줬다.

샘과 레이첼은 이를 별로 만류하지 않았다.

김두찬이 미국에 온다면 그들이 그만큼 대접해 주면 되는 일이기 때문이다.

서로 작별 인사를 나누는 세 사람의 모습을 기자들이 열심히 카메라에 담았다.

특히 레이첼의 공항 패션은 패션지 기자들의 시선을 확 사로잡았다.

레이첼은 그런 기자들의 반응을 즐기느라 신이 났다.

카메라에 자신이 잘 잡힐 수 있게 포인트를 옮기는가 하면, 여러 가지 자연스러운 포즈도 취해 주었다.

그러는 사이 샘은 자리를 정리했다.

"정말 즐거운 한국 여행이었어요."

"저도 두 분을 만나뵙게 돼서 영광이었습니다."

"다음번에는 미국에서 만났으면 하는군요. 미연 씨도 같이요. 잊지 못할 추억을 만들어 드리도록 하죠."

"기대할게요."

"레이첼! 그만 가자고."

샘의 부름에 레이첼이 후다닥 다가와 김두찬을 덥석 끌어안았다.

"마음 같아서는 굿바이 키스라도 나누고 싶지만… 내가 미연 씨한테 반해 버려서 그런 일은 못 하겠네요."

짧은 포옹을 끝낸 레이첼이 두 손을 신나게 흔들었다.

"안녕~! 잊지 못할 시간이었어요."

"편안히 돌아가세요."

비로소 길었던 작별이 끝났다.

샘과 레이첼이 약간의 아쉬움을 품고 출국장으로 들어서려 하는 때였다.

"Hey, Rachel!"

"Um?"

어느 패션지 여기자가 더 참지 못하고서 레이첼을 불렀다.

그러자 레이첼이 휙 뒤돌아봤다.

여기자는 레이첼에게 능숙한 영어로 물었다.

"오늘 스타일링은 본인 스스로 한 건가요? 다른 날보다 유독 아름다워서요!"

그에 레이첼이 고혹적인 미소를 머금었다.

바쁜 그녀의 걸음이 잠시 멈췄다. 그리고 매력적인 호를 그리고 있던 입술이 천천히 열렸다.

"스타일리스트 정미연의 솜씨예요. 이 옷도 그녀가 만든 거고요."

레이첼은 대답과 함께 샘과 모습을 감췄다.

두 사람이 떠난 뒤, 잠시 동안의 정적이 일었다.

그리고 김두찬이 공항을 벗어나려 할 때.

"김두찬 작가님! 방금 레이첼이 스타일리스트 정미연 씨의 이름을 언급한 것이 맞습니까?"

"그녀의 옷을 정미연 씨가 만든 것이라고 한 것 같은데요!"

"어젯밤 정미연 씨의 집에 넷이서 머문 것으로 아는데 무슨 일이 있었습니까!"

기자들은 갑자기 김두찬의 주변으로 몰려들어 질문 공세를 퍼부었다.

김두찬은 그 물음들에 하나하나 간단히 대답해 주며 열심히 걸음을 옮겼다.

그리고 공항을 빠져나와 차에 올라탄 뒤에야 겨우 기자들에게서 해방될 수 있었다.

하지만 기자들은 아쉬운 마음에 김두찬의 차 주변으로 몰려들었다.

얼른 시동을 건 김두찬이 액셀을 밟으면서 창문을 내렸다.

그리고 목을 쭉 뺀 다음 기자들에게 소리쳤다.

"샘 레넌 감독은 적을 영화화할 겁니다! 저는 나흘 동안 샘 레넌 감독과 적의 영화화에 대해 대화를 나눴습니다!"

그리고서는 창문을 닫고 한숨을 푹 내쉬었다.

백미러로 뒤를 살피니 기자들이 멍해져 있다가 너도나도 어딘가에 전화를 하기 시작했다.

이를 본 김두찬이 다행이라는 듯 고개를 끄덕였다.

"됐어."

샘이 한국에 온 이유를 기자들은 모른다.

때문에 김두찬이 아무런 말을 하지 않았다면 기자들은 샘과 김두찬의 회동을 그저 친분에 의한 교류라 생각하고 말았을 것이다.

한데 방금 그 발언으로 인해 기자들은 김두찬은 물론이고 그의 소속사까지 집요하게 괴롭힐 게 분명했다.

스스로 괴로워질 것을 알고 있음에도 김두찬이 이런 행동을 한 이유는.

"이렇게 해두면 미연이 대신 나한테 달라붙겠지."

레이첼의 발언으로 인해 기자들이 자신의 연인을 괴롭히지 않았으면 했기 때문이다.

Liking 91

수시

샘과 레이첼을 떠나보낸 날 밤.

김두찬은 잠들어 있는 김두리의 방에 몰래 들어갔다.

다행스럽게도 김두리는 방문을 잠그거나 하지는 않았다.

최대한 기척을 죽이고 들어간 뒤, 잠든 김두리에게 드림 룰러를 사용했다.

꿈속의 설정은 어젯밤과 똑같이 세팅했다.

'연기력만 느는 게 아니라 영어 회화까지 일취월장하니 너한테는 정말 도움되는 거다, 동생아.'

김두리의 의식 안에서 빠져나온 김두찬은 들어왔던 것처럼 은밀히 방을 빠져나왔다.

*   *   *

다음 날.

화요일은 강의가 없었기에 김두찬은 바로 작업실로 향했다.

사흘 전, 환상서에서 연재하던 김두찬의 글들 중 여덟 작품
은 전부 완결이 났다.

그때부터 비로소 투데이 베스트 10에 다른 작가들의 이름
도 노출이 될 수 있었다.

'더 사가는 다음 달 초. 현대영웅전은 이달 말이면 연재가
끝날 테고.'

이제 정말 새로운 둥지를 준비해야 할 때가 다가오고 있었
다.

일전에도 깊이 생각해 봤던 문제지만 김두찬은 환상서에 계
속 머무를 경우 복이 아닌 독이 된다.

김두찬 본인이야 아무런 문제가 없겠지만, 독식이 지속될
경우 환상서에 안 좋은 영향을 끼칠 건 불 보듯 뻔했다.

그래서 장재덕에게 웹 프로그래머와 디자이너를 소개시켜
달라 부탁했었다.

장재덕은 그날 바로 김두찬에게 웹마스터라는 회사의 연락

처를 보내왔다.

웹 사이트를 전문적으로 만들어주는 업체였다.

웹마스터에 연락을 취한 김두찬은 돈을 얼마든지 지불할 테니 환상서와 비슷한 시스템을 가진 플랫폼 사이트를 만들어줄 것을 요구했다.

다만, 환상서처럼 누구나 작가로서 글을 등록할 수 있는 건 아니고 사이트 관리자가 지정한 이들만 작가로 등록 가능하게 만들어달라는 요구도 빼먹지 않았다.

웹마스터의 대표는 그에 사이트 이름을 뭐라고 할 건지 물어왔다.

김두찬은 이미 생각해 둔 바가 있어 바로 대답했다.

"창작유희."

창작을 하며 즐기자는 뜻이었다.

그리고 웹마스터의 계좌에 그들이 제시한 돈에 보너스 금액을 더 붙여서 당일 입금했다.

입금 금액을 확인한 웹마스터는 그날부터 바로 창작유희의 제작에 들어갔다.

이후 김두찬은 장재덕에게 연락을 취해 창작유희가 완성되면 사이트 관리자 일을 해줄 수 있겠느냐 물었다.

장재덕은 당연히 하겠다며 반색했다.

그러나 혼자서는 관리가 어려우니 믿을 만한 실력자 몇 명을 더 데리고 와서 같이 일을 시키는 게 어떨지 제안했다.

김두찬은 이를 수락했다.

이로써 김두찬 사단의 작품을 전문적으로 연재하는 플랫폼 창작유희의 청사진이 완성된 것이다.

그로부터 4일이 지난 오늘.

웹마스터의 대표로부터 연락이 왔다.

창작유희의 테스트 페이지가 완성됐다는 것이다.

김두찬은 바로 사이트에 접속했다.

사이트는 그가 원했던 것보다 더욱 완성도 있고 멋지게 만들어졌다.

창작유희가 어떤 사이트인지에 대한 정체성이 메인 페이지에 확연히 드러났다.

아울러 인터페이스와 카테고리가 알아보기 쉽게 배치되어 있었다.

그러면서도 전체를 아우르는 디자인이 상당히 세련됐고 아름다웠다.

김두찬은 만족스러워하며 테스트 페이지를 주화란과 채소다에게도 보여줬다.

두 사람 모두 김두찬과 마찬가지로 흡족한 반응을 보였다.

"이제 우리들 진짜 독립하게 되는 거네."

채소다의 말이었다.

주화란은 환상서에서 연재를 하지 않았기에 거기에서 독립을 한다는 개념은 없었다.

대신.

"비로소 김두찬 사단이라는 곳에 둥지를 트는 기분이에요."

전보다 더 깊은 소속감을 느끼고 있었다.

＊　　　　＊　　　　＊

김두찬은 작업실에서 오래 머물지 않고 점심이 조금 지나서 집으로 돌아왔다.

이미 현대영웅전과 더 사가는 완결까지 집필해서 예약을 걸어놓았으니 더 손댈 필요가 없었다.

동화 불개미는 서로아가 열심히 그림 작업 중이었다.

결국 김두찬은 작업실에서 별로 할 일이 없었다.

새 작품을 기획하는 것도 아니었으니까.

집으로 돌아온 김두찬은 드디어 샘과 레이첼에게 얻은 능력을 활용해 보기로 했다.

창작력은 얻은 순간부터 A랭크였다.

반면 연출력은 겨우 C랭크였다.

'그러고 보니 연출력은 얻어놓고 특전도 확인 안 했네.'

김두찬이 연출력의 특전들을 살폈다.

[연출력 특전]

―E랭크 특전: 모든 형태의 공연 무대의 연출에 익숙해집니다.

―D랭크 특전: 모든 형태의 그림 연출에 익숙해집니다.

―C랭크 특전: 모든 형태의 영상 매체의 연출에 익숙해집니다.

'이런 거구나.'

모든 형태의 공연이란 연극, 뮤지컬, 콘서트 등등의 것들을 말한다.

모든 형태의 그림은 만화책, 일러스트 등등을 뜻하는 것이다.

마지막으로 모든 형태의 영상 매체는 영화, 드라마, 다큐멘터리 등을 나타낸다.

즉 김두찬은 이제 그 모든 것들을 익숙하게 연출할 수 있는 정도의 수준에 오르게 된 것이다.

김두찬이 그간 적립된 간접 포인트를 살폈다.

'7,000.'

간접 포인트가 리셋된 이후 한 번도 사용하지 않았더니 차고 넘칠 지경이었다.

김두찬이 연출력에 2,400 간접 포인트를 투자했다.

[연출력의 랭크가 B로 업그레이드됐습니다. 랭크 업 특전이
주어집니다. 모든 형태의 연출에 능숙해집니다.]

[연출력의 랭크가 A로 업그레이드됐습니다. 랭크 업 특전이
주어집니다. 모든 형태의 연출을 전문가 수준으로 할 수 있게 됩
니다.]

B랭크부터는 연출력 자체가 올랐다.

일단 김두찬은 거기까지만 포인트를 투자하고서 일전에 만
들어놓았던 웹툰 콘티를 열었다.

그리고 1화부터 50화까지 전부 훑어봤다.

'호오.'

신기하게도 전에는 보이지 않았던 연출적 빈약함이 여실히
포착됐다.

김두찬은 그것들을 빠르게 수정해 나갔다.

'이 부분에서는 카메라 앵글을 아래에서 위로 잡는 게 더
효과적이야.'

'여기는 긴장감이 흐르는 부분이니까 상대의 모습을 다 보
여주지 말고 윤곽만으로 표현하는 게 낫지. 배경은 전체적으
로 톤을 다운시키고……'

'음··· 이번 화는 통으로 제3자의 입장보다 주인공의 시점으로 연출하는 게 좋겠다.'

'이번 건··· 카메라가 전부 단조로워. 자칫 루즈해질 수도 있는 부분이니 다양한 각도에서 앵글을 잡는 게 낫겠다.'

김두찬은 신이 났다.

전에는 보이지 않던 것이 보인다는 건 그만큼 김두찬이 성장했다는 뜻이다.

그걸 라이브로 만끽하고 있으니 기분이 좋았다.

그렇게 6시간 정도가 지난 뒤에야 콘티의 수정이 끝났다.

그때 노크 소리와 함께 문이 열렸다.

노크의 주인공은 김두리였다.

"오빠!"

"응?"

"Don't you eat rice(밥 안 먹어)?"

"응. 지금은 별로······."

무심결에 대답을 하던 김두찬이 눈을 크게 뜨고 김두리에게 물었다.

"너 지금 영어로 물어본 거야?"

"응."

"공부했니?"

"아니. 그냥 오늘 눈 떴는데 갑자기 영어가 될 것 같은 거야. 그래서 해봤더니 간단한 말들은 바로바로 영작이 되던걸?
근데 신기하게 쓰는 것도 가능해! 읽는 것도 쉬운 단어들은
무리 없이 읽히고. 오빠 나 진짜 천재였던 거 아닐까? 내 안에
잠재되어 있던 천재성이 뒤늦게 빛을 발하는 거 아닐까? 응?
응?"

"설마……."

"왜? 오빠도 몇 달 전까지는 방구석 폐인이었다가 갑자기
날아다니기 시작한 거잖아."

김두리는 그렇게 말하더니 주먹 쥔 오른손으로 왼쪽 손바
닥을 탁 때렸다.

"역시 그런 거야! 오빠가 어느 날 갑자기 각성했는데, 친동
생인 나한테 그런 능력이 없어서야 말이 안 되지! 모든 영단
어들이 내 머릿속에 나도 모르는 새 저장되어 있다가 지금 막
쏟아져 나오는 게 분명해!"

김두리는 자기 멋대로 결론을 내리더니 히히 웃었다.

"그래, 그런 거 같다."

김두찬은 차라리 김두리가 오해하는 편이 더 나았기에 더
뭐라고 하지 않았다.

"그럼 밥은 나 혼자 먹는다!"

"응~"

김두리가 다시 문을 닫고 나갔다.

"레이첼이 여러모로 두리한테 도움을 주네."

드림 룰러를 사용한 첫날은 영어를 알아듣더니 둘째 날에는 간단한 영작을 했다.

이대로 나흘 더 드림 룰러를 사용하면 완벽한 네이티브 스피커가 될지도 모를 일이었다.

"그럼 이제 1화를 다시 만들어보자."

이미 콘티가 상당히 바뀐 터라 전에 만들어둔 1화 분량의 웹툰은 있으나 마나였다.

그래서 새로 1화 분량을 만들기로 했다.

김두찬이 태블릿으로 열심히 웹툰을 그려 나갔다.

컷을 나누고, 콘티를 옮긴 뒤 간단한 스케치로 인물과 배경의 구도를 잡았다.

이후 인물 선을 또렷하게 따고 먹으로 채울 부분을 채운 뒤, 색을 입혔다.

마지막으로 배경을 그려 넣고 전체적인 톤을 조절하는 것으로 끝이 나는 작업이었다.

웹툰은 한 화의 분량이 대략 70컷 정도다.

70컷 전부 저런 과정을 거쳐야 하므로 한 화를 만드는 데만도 어마어마한 시간이 소요된다.

하지만 김두찬은 그가 얻은 능력으로 인해 일반 웹툰 작가들보다 작업 시간이 훨씬 빨랐다.

김두찬은 다시 여섯 시간을 꼼짝도 하지 않고 웹툰을 완성하는 데 몰두했다.

*　　*　　*

"후우우."

웹툰 '적' 1화를 반 정도 완성한 김두찬이 숨을 내쉬며 시간을 살폈다.

자정이 조금 넘은 시간이었다.

'6시간 동안 50%라.'

그 정도면 웹툰 작가들에게 미쳤다는 소리를 들을 만큼 작업이 빠른 편이었다.

'맘 잡고 하루 온종일 그리면 한 편은 완성할 수 있다는 건데.'

집필을 할 때도 인간 이상의 속도를 내더니 웹툰에서도 그 괴물 같은 속도는 어디 가지 않았다.

김두찬은 잠시 환기도 시킬 겸 자리에서 일어나 김두리의 방으로 향했다.

그리고 초월 청각을 이용해 방 안에서 나는 소리에 집중했다.

방 안은 고요했고, 규칙적인 숨소리만 새근새근 들려왔다.

'자고 있구나.'

김두찬은 방문을 조심스레 열고 방 안으로 들어갔다.

이윽고 5분 정도가 흐른 뒤, 김두찬은 다시 방 안에서 나와 문을 닫았다.

김두리에게 세 번째 드림 룰러를 사용한 것이다.

앞으로 태평예술대학 연기과 수시까지 남은 시간은 3일.

그 안에 김두리의 연기가 일취월장하기를 김두찬은 바랐다.

*   *   *

아침 8시.

김두찬은 드디어 웹툰 1화를 완성했다.

본래는 6시에 끝났지만 이것저것 욕심을 부려 디테일을 잡고 몇 가지 컷의 연출을 바꾸다 보니 2시간이 더 걸렸다.

완성된 웹툰 1화를 김두찬이 천천히 읽어봤다.

'재미있어.'

본래 재미있던 스토리가 그림으로 표현되니 인물의 감정선이 더욱 쉽게 전달됐다.

게다가 샘 레넌의 연출력과 레이첼의 창작력이 시너지 효과를 일으켜 더더욱 극을 살아 숨 쉬게 만들었다.

아울러 완성도가 어마어마했다.

도저히 처음으로 웹툰에 도전하는 이의 그림이라고 보기 어려웠다.

제대로 된 웰메이드 웹툰이 탄생하는 순간이었다.

"좋아. 조금 자고 일어나서 바로 2화 작업에 들어가야지."

김두찬이 침대에 누워 눈을 감으려 할 때였다.

벌컥!

노크도 없이 문이 열리며 김두리가 들어왔다.

"오빠!"

김두리는 교복인지 사복인지 애매한 차림을 하고 있었다.

어차피 수능이 끝났으니 학교에서도 복장에 크게 터치를 하지 않는 모양이었다.

"응?"

"나 삼 일 연속으로 같은 꿈꿨어!"

"그럴 수도 있지 뭐."

"그리고 자고 일어나면 연기가 막 느는 기분이야. 레이첼 언니랑 만났던 게 진짜 도움이 됐나 봐!"

"그것도 그럴 수 있지 뭐."

"그리고 학교에 못 가겠어!"

"그것도 그럴 수 있… 응? 왜?"

"집 앞에 기자들이 쫙 깔렸어."

　　　　*　　　　*　　　　*

　김두찬은 문을 열고 나가자마자 철문 너머에서 쏟아지는 플래시 세례에 미간을 찌푸렸다.

　김두찬은 정원을 가로질러 철문을 열고 나섰다.

　그러자 기자들이 김두찬의 앞으로 우르르 몰려들었다.

　"샘 레넌 감독이 작가님의 작품을 영화화한다는 게 사실입니까!"

　"애초에 적의 영화화를 위한 계약 건으로 방한을 한 것이었나요?"

　"레이첼은 어떤 목적으로 동행한 거죠?"

　"혹시 내정된 여주인공이 그녀인 건가요?"

　"답변 부탁드립니다, 작가님!"

　기자들은 앞다투어 김두찬에게 질문을 던졌다.

　이에 김두찬이 한 손을 들어 올렸다.

　그러자 기자들이 일제히 입을 다물고 김두찬에게 주목했다.

　"지금 이 자리에서 한 번 더 확실하게 얘기하겠습니다. 샘 레넌 감독은 적의 영화화를 위해 방한한 것이 맞습니다. 이미 계약은 체결한 상태며, 여주인공 역을 레이첼 라이언이 맡고 싶다는 의사를 내비쳤습니다. 샘 레넌 감독도 이에 대해 긍정적으로 생각하고 있는 상황입니다. 아울러 우리 세 사람의 3박 4일간의 행보는 많은 기자 여러분께서 열심히 쫓아다니셨으니 잘 아실 거라 생각합니다. 더 궁금하신 부분 있습니까? 그렇다면 정식으로 인터뷰 일정을 잡아주시기 바랍니다. 저는 괜찮지만 가족들의 일상생활에 피해가 오는 건 원치 않습니다. 이런 식으로 찾아오신다면 앞으로 어떤 질문에도 함구할 것입니다."

단 한 번도 기자들에게 차가운 모습을 보이지 않았던 김두찬이었다.

해서 기자들 사이에서도 김두찬의 이미지는 유독 좋았다.

그런데 그런 김두찬이 처음으로 서릿발 내리는 음성으로 자신의 심정을 토로했다.

기자들은 거짓말처럼 그런 김두찬에게 더는 어떤 질문도 던지지 않았다.

대신 주섬주섬 카메라를 챙겨 자리를 떠날 뿐이었다.

물론 다들 김두찬의 심경을 배려해서 그런 건 아니었다.

그런 기자들이 반, 정말로 김두찬이 입을 다물 것이 걱정되어 물러선 기자들이 반이었다.

"올. 오빠 짱이다."

현관문 앞에 서서 상황을 지켜보고 있던 김두리가 엄지를 척 내밀었다.

"이제 됐지? 학교 갔다 와."

"알았어~"

김두리는 교복 치마에 사복 맨투맨을 입고 그 위에 다시 얇은 코트를 걸쳤다.

그리고 붉은색 목도리를 꽈배기 모양으로 목에 채운 상태로 집을 나섰다.

왠지 모르게 신이 나서 콧노래까지 흥얼거리며 학교로 향하는 길.

갑자기 맞은편 길목에서 툭 튀어나오는 반갑지 않은 얼굴 때문에 기분이 푹 꺼졌다.

"어? 두리야~ 안녕?"

김두리에게 밝게 인사를 건네는 이는 다름 아닌 차은유였다.

김두찬의 가족이 새 집을 지어 이사 가게 된 동네가 알고 보니 차은유가 사는 곳이었다.

그래서 종종 학교 가는 길에 이렇게 마주치곤 했다.

한데 그때마다 차은유는 옆에 제법 반반한 외모의 남자를 꼭 달고 있었다.

오늘도 마찬가지였다.

"응~ 안녕."

김두리는 인사를 하며 속으로 생각했다.

'남자가 또 바뀌었네.'

차은유의 남자는 2주에 한 번씩 바뀌곤 했다.

"오~ 은유 친구야? 이름이 두리야? 이름 예쁘다. 오빠는 강성진. 스무 살이야."

강성진이 김두리에게 노골적으로 관심을 드러내며 말했다.

그러자 차은유가 강성진의 옆구리를 꼬집었다.

"윽! 알았어, 알았어. 하여튼 질투는."

차은유가 강성진을 노려보고서 다시 김두리에게 시선을 돌렸다.

'무슨 계집애가 하루가 멀다 하고 저렇게 예뻐져?'

두어 달 전까지만 해도 차은유는 김두리보다 자신이 더 예쁘다고 확신했다.

그녀는 김두리의 그 무엇도 부럽지 않았다.

딱 하나.

김두찬 같은 초절정 꽃미남에 못하는 것 하나도 없는 오빠를 갖지 못했다는 것 말고는.

'노래만 잘하는 줄 알았더니 글까지 잘 쓸 줄은 누가 알았어.'

차은유는 김두찬이 인생 역전을 접하고 나서 얼마 되지 않았던 때에 보게 된 소녀였다.

당시 차은유는 노래 좀 한다고 하는 인터넷 BJ와 사귀는 중이었다.

그 인터넷 BJ는 김두찬을 망신 주기 위해 일부러 그를 끌고 노래 대회에 출전했다.

하지만 결과적으로 김두찬에게 노래에서 밀리고 역관광만 당했다.

그 사건 이후로 차은유가 김두리를 노골적으로 무시하는 일은 없었다.

하지만 알게 모르게 은근히 사람 신경을 건드리는 짓은 멈추지 않았다.

오늘도 마찬가지였다.

"근데 두리야. 너는 연애 안 해? 겉은 멀쩡한데 왜 그렇게 남자가 안 꼬이니?"

"오~ 천연기념물이었어? 점점 더 매력적인데?"

강성진이 눈치 없이 또 김두리를 칭찬했다.

그러자 차은유는 욱 하는 마음에 인신공격을 하고 말았다.

"그럼 뭘 해? 쟤 은근히 텅텅인데."

차은유가 주먹으로 자신의 머리를 때리는 시늉을 했다.

"공부 못해? 그건 좀 그렇다."

강성진은 제비처럼 놀지만 나름 공부는 잘했다.

그는 공부를 못하는 애들보다 자신이 우위라는 유치한 우월 의식이 있었다.

김두리를 향한 강성진의 호감이 급격히 하락했다.

그에 차은유가 비로소 활짝 미소 지었다.

"그만 가자, 오빠. 정문까지 데려다주기로 했잖아."

"그래."

두 사람은 쌩하니 김두리의 앞을 지나쳐 갔다.

그 광경을 지켜보는 김두리는 어처구니가 없어 기가 찰 지
경이었다.

'하! 지들이 뭔데? 한 쌍의 역겨운 바퀴벌레들 같으니라고.'

김두리는 속으로 욕을 뱉으며 조금 떨어져서 걸었다.

그렇게 버스 정류장에 도착해서도 김두리는 그들과 거리를
두고 서 있었다.

딱히 차은유 커플도 그런 김두리를 아는 체하지 않았다.

아니, 아예 무시하고 있다고 보는 게 맞았다.

한데 그때였다.

"Excuse me."

키가 훤칠한 백인이 차은유와 강성진에게 다가와 말을 걸었
다.

짧게 자른 금발과 에메랄드 빛 눈동자가 신비한 건장한 남
성이었다.

"네?"

차은유가 저도 모르게 한국말로 대답했다.

외국인은 영어로 차은유에게 질문을 던졌다.

"Is there a post office nearby(이 근처에 우체국이 있나요)?"

"W… What?"

너무나 현란한 네이티브 스피커에 당황한 차은유은 머릿속이 하얘졌다.

그다지 어려운 회화가 아닌데 긴장을 해서 그런지 도통 귀에 들어오지를 않았다.

외국인은 그런 차은유와 강성진을 보며 계속해서 우체국이 어디에 있는지를 물었다.

강성진은 이를 알아들었지만 차은유가 어찌 나오나 보려는 심산으로 나서지 않았다.

한데 그때였다.

"Can I help you(도와드릴까요)?"

차은유 커플의 옆에서 정확한 발음의 영어가 들려왔다.

영어를 내뱉은 이는 다름 아닌 김두리였다.

그녀가 외국인에게 다가가자 외국인이 반색하며 물었다.

"영어로 대화 가능한가요?"

"그럼요."

"아, 다행이네요. 제가 지금 급히 우체국에 가야 할 일이 있어서 찾고 있는데 보이지를 않네요. 근처에 우체국이 있나요?"

"있어요! 저쪽으로 500미터 정도 가면 큰 사거리가 나와요. 거기에서 우측으로 꺾은 다음 직진하다 보면 큰 빵집이 나올 거예요. 빵집 바로 옆 건물에 우체국이 있어요."

김두리는 유창한 실력으로 외국인과 대화를 나눴다.

외국인은 김두리에게 감사하다는 인사를 남기고서 자리를 떠났다.

그 광경을 지켜보고 있던 차은유는 입이 쩍 벌어졌고, 눈은 튀어나올 듯 커졌다.

그리고 강성진은 애정이 가득 담긴 눈으로 김두리를 바라봤다.

"은유야."

"…응?"

"두리 공부 못한다며? 근데 영어는 제법 하나 봐?"

"아니야. 쟤 영어도 시험만 봤다 하면 바닥인데……."

그때 버스 한 대가 정류장에 멈춰 섰다.

통학할 때 타야 하는 버스였다.

김두리는 얼른 버스에 올라타려 하는데 차은유는 너무 충격을 먹어 그저 멍하니 서 있을 뿐이었다.

"두리야!"

김두리가 버스에 앞문으로 올라서자마자 강성진이 그녀를 불렀다.

"다음에 나랑 데이트 한번 하자!"

강성진의 뜬금없는 발언에 김두리가 가운데 손가락을 세워 보이고서는 버스 안으로 사라졌다.

이내 버스는 문을 닫고 멀어져갔다.

"우와, 두리 매력 쩐다."

"오빠!"

"아야야!"

결국 차은유는 강성진의 옆구리를 또 꼬집었다.

'말도 안 돼. 이건 꿈이야. 악몽이라고!'

제대로 김두리에게 발린 차은유는 현실을 부정하려 애썼다.

*　　　　*　　　　*

점심시간.

김두찬과 친구들은 공강을 이용해 배를 채우려고 학식으로 향했다.

이런저런 대화를 나누며 학생 식당 입구에 도착했을 때였다.

지이이이잉—

김두찬의 스마트폰이 울렸다.

액정에 뜬 번호가 어디서 건 것인지도 모를 만큼 복잡하고 정신없었다.

그리고 김두찬은 이런 번호로 걸려온 전화를 받았던 적이 딱 한 번 있었다.

그가 친구들에게 먼저 들어가 있으라 한 뒤 액정을 슬라이드했다.

"Hi."

전화를 받자마자 김두찬은 영어로 인사를 건넸다.

그러자 스마트폰 너머에서 잔뜩 신이 난 외국인의 음성이 들려왔다.

—Did you wait for my call(내 전화 기다렸죠)?

전화를 건 사람은 샘 레넌 감독이었다.

"두말하면 입 아프죠. 잘 도착했어요?"

—무사히 도착해서 노느라 밀어뒀던 잠까지 푹 자고 나서 개인적인 일 몇 가지 해결하고 연락드리는 겁니다.

"그랬군요. 얼굴 보고 떠들었던 게 얼마 전인데 지금은 서로 다른 땅을 딛고 서 있다는 게 믿기지 않네요."

—당장에라도 한국에 다시 가고 싶은 걸 참고 있으니, 그런 식으로 유혹하면 위험해요.

"하하, 알겠습니다."

—그럼 일 얘기를 해볼까요? 일단 시나리오 작업은 오늘부터 당장 들어가 주시면 됩니다.

"회의 같은 건 필요 없나요?"

―괜히 회의했다가 사공이 많아지면 배가 산으로 갑니다. 김 작가님의 색 그대로를 입혀서 시나리오를 완성해 주세요.

"알겠습니다. 그렇게 할게요."

―아, 그리고 혹시 애니메이션을… 극장판으로 하나 집필해 주실 수 있을까요? 그게 힘들면 시놉시스라도 부탁드리고 싶은데요.

"네? 갑자기 극장판 애니메이션은 왜……?"

―내가 얘기했었죠? 다즈니 스튜디오에 젊은 천재 작가를 추천하겠다고.

"네, 그랬죠."

―조금 전까지 다즈니 스튜디오 대표와 얼굴 보고 있었어요.

"아… 그러셨군요."

김두찬은 상당히 놀랐지만 그걸 드러내지는 않았다.

침착하게 마음을 가라앉히며 대화를 이어나갔다.

"그분께 제 얘기를 했나요?"

―레이는 나와 제법 막역한 사이예요. 그래서 내 눈이 얼마나 높고 정확한지도 알고 있죠. 아울러 내가 아무나 그에게 추천하지 않는다는 것도요.

레이는 다즈니 스튜디오의 대표인 '레이 스미스'를 일컫는 것이었다.

─레이가 말하길 극장용 시놉시스나 시나리오를 받아오면 진지하게 검토해 보겠다고 하더군요.

"…와우."

─혹시 미리 써두신 것이 있다면 베스트고 써야 한다면 최대한 빠른 시일 내에 주는 게 좋고, 이도 저도 안 된다면 적의 시나리오를 집필한 뒤에 써주셔도 됩니다. 하지만 이 경우 레이의 기대치가 많이 떨어져 있을지도 모르죠.

그때 김두찬의 눈앞에 시스템 메시지가 나타났다.

[보너스 미션 발동. 확인하시겠습니까?]
YES/NO

아직 김두리를 태평예술대학 연기과 수시에 합격시키라는 보너스 미션도 완료하지 못한 상태였다.

그런데 새로운 보너스 미션이 또 발동했다.

김두찬은 YES를 선택하며 샘에게 대답했다.

"써둔 원고는 없지만 최대한 빨리 써서 보내 드릴게요."

─최대한 빨리라 함은……?

"일주일이요. 적의 시나리오도 그때 같이 넘겨 드리죠."

─……!

김두찬의 발언에 샘은 기함을 했다.

그리고 세 번째 보너스 미션의 내용이 오픈되었다.

[보너스 미션]

극장판 애니메이션 시나리오를 집필해 레이 스미스의 만족도를 80% 이상 얻어라.

'이번에도 나와 직접적인 관련이 있는 보너스 미션이야.'

보너스 미션은 전부 해결하고 나면 김두찬을 성장시켜 주는 것들이었다.

샘 레넌의 호감도를 얻으면서 그의 인맥은 세계적으로 넓어졌다.

아울러 할리우드 진출의 초석을 다졌다.

김두리를 학교에 입학시키기 위해서 얻은 능력들은 김두찬의 전체적인 힘의 밸런스를 업그레이드시켰다.

그리고 이번 미션을 클리어하게 된다면 아마도 그는 다즈니 스튜디오와 계약한 최초의 한국 시나리오 작가가 될 터였다.

'그런데 로나, 왜 보너스 미션의 지령이 존댓말이었다가 반말이었다가 왔다 갔다 하는 거야? 영 일관성이 없네.'

—그 부분에 대해서는 크게 신경 쓰지 않았답니다. 그렇게 중요한 문제가 아니니까요.

'흠… 그렇긴 하지.'

반말이든 존댓말이든 의사소통만 원활하면 문제 될 건 없었다.

눈앞에 떠 있던 시스템 메시지가 사라지고 샘의 음성이 다시 들려왔다.

―그 말 제가 믿고 전해도 되겠습니까?

애니메이션 시나리오를, 그것도 극장용을 일주일 안에 집필하는 건 불가능에 가까웠다.

샘은 김두찬이 혹시 말을 잘못했나 싶어 되물었다.

하지만 돌아오는 대답은 변함없었다.

"네. 일주일 안에 애니메이션과 적의 시나리오 전부 같이 드리겠습니다."

―맙소사, 김 작가님! 난 이 말을 당장 레이에게 전할 겁니다. 그렇게 되면 다시 주워 담을 수 없다는 걸 아시죠?

늘 유쾌하기만 하던 샘의 말투가 그 어느 때보다도 무거워졌다.

그만큼 신중을 기해야 한다는 뜻이었다.

"네. 알고 있어요."

―일주일입니다. 일 년도 아니고 한 달도 아니고 일주일! 마지막으로 한 번 더 묻겠습니다. 시간이 더 필요하지 않겠습니까?

"샘, 저는 정신적으로 상당히 건강해요."

김두찬은 유머로 샘의 말을 받았다.

그러자 샘도 더 이상 왈가왈부하지 않았다.

―하하하! 당신은 언제나 날 놀라게 만드는군요. 알겠습니다. 쉽지 않은 여정이 될 것이라 생각되지만, 믿고 그리 전하도록 하죠. 그러나 스스로 정한 기한을 넘기게 될 경우, 김 작가님에 대한 레이의 신용은 바닥이 될지도 모릅니다.

"하지만 성공한다면 어떻게 될까요?"

―일주일 안에 그걸 가능케 한다면… 게다가 재미와 작품성까지 잡을 수 있다면 레이가 짐 싸들고 작가님을 보러 가겠죠.

"그렇군요."

김두찬의 만족스러운 음성에 샘은 등줄기가 찌릿찌릿해졌다.

―김 작가님, 이런 리스크를 지면서까지 일주일이란 시간을 제시한 건 설마.

"첫째로 자신이 있습니다. 둘째로 잃는 게 많은 도박은 그만큼 얻는 것도 많기 때문이죠. 실망시켜 드릴 일 없도록 하겠습니다. 걱정 말고 편안하게 기다리세요."

―알겠습니다. 좋은 소식 기다리고 있겠습니다.

스마트폰을 내려놓은 김두찬이 짧게 숨을 몰아쉬었다.

"후우!"

일주일.

글과 관련된 모든 일정을 끝내고 웹툰 준비 말고는 딱히 할 게 없었던 일정이었다.

그런데 샘과의 전화 한 통으로 할 일이 많아졌다.

일주일 안에 극장용 시나리오를 두 편 집필해야 한다.

보통 사람에게는 절대 무리겠지만 김두찬에게는 가능한 범주 내였다.

마음만 먹으면 하루에 한 권을 뽑아버리는 김두찬이다.

물론 시나리오와 소설은 그 성질이 상당히 달랐다. 하지만 김두찬이 갖고 있는 모든 능력들을 동원하면 크게 어려울 건 없었다.

학생 식당 안으로 들어서는 김두찬의 눈이 사방으로 바쁘게 움직였다.

그의 스토리텔링 특전 중 하나인 이야기가 발동되었다.

김두찬의 눈에 들어오는 모든 사물과 사람들.

머릿속에 떠오르는 기억과 가슴에서 흘러들어 오는 감정들.

그것들이 전부 재미있는 소재로 변해 가지각색의 이야기를 만들어냈다.

그중에서 가장 흥미로운 이야기를 잡아낸 김두찬이 바로

살을 붙여 나갔다.

친구들과 식사를 마치고 수다를 떨다가 다시 강의실로 복귀하는 와중에도 김두찬의 머릿속에서는 이야기가 계속 덩치를 불려 나가는 중이었다.

＊　　　　＊　　　　＊

오후 6시가 다 되어서야 모든 강의가 끝이 났다.

김두찬은 밴을 타고 집으로 돌아왔다.

그러자마자 김두리의 까랑까랑한 목소리가 들려왔다.

"뭐?! 오빠랑 내가… 친남매가 아니라고?"

이건 또 무슨 막장 드라마의 흔해 빠진 대사란 말인가.

'그런데 이건 뭔가…….'

김두찬은 이상함을 느꼈다.

분명 대사 자체는 임팩트가 있을 만한 구석이 없었다.

그런데 김두리의 음성엔 듣는 사람의 심금을 건드리는 무언가가 담겨 있었다.

김두리는 부엌 식탁에서 밥을 먹으며 스마트폰으로 드라마를 보고 있었다.

그러다 거기에 나오는 대사들을 이것저것 따라하는 중이었다.

"밥 먹어?"

김두찬이 다가오자 김두리가 눈을 동그랗게 뜨고 반겼다.

"오빠! 나 뭔가 좀 알겠어!"

"응? 알겠다니, 뭘?"

"연기 말이야. 어떻게 해야 하는 건지 이제야 알 것 같아."

말로는 정확히 설명할 수 없었다.

하지만 김두리는 확실히 감을 잡았다.

살아 있는 연기, 거짓이 아닌 연기라는 게 무엇인지, 어떻게 해야 하는 건지 알 수 있었다.

때문에 별것 아닌 대사에도 묵직한 감정을 실어 듣는 이의 심금을 건드린 것이다.

그게 전부 김두찬의 드림 룰러 덕분이었다.

"그래도 자만하지 말고 열심히 연습해."

"지금도 밥 먹으면서 하고 있는 거 안 보이시나? 김두리, 열아홉 살! 인생에 자만이란 없다!"

김두찬은 내심 혀를 내둘렀다.

그냥 단순히 까불면서 내뱉는 말조차 배우의 그것 같았다.

"그래. 좋은 자세다."

김두찬이 속내를 감추고서 2층으로 올라왔다.

편한 옷으로 갈아입은 그는 씻을 생각도 못 하고서 컴퓨터 앞에 앉았다.

그리고 새로운 워드 파일을 열었다.

하얀색의 깨끗한 바탕 가장 위쪽에 '아리랑'이라는 제목이 적혔다.

그것이 오늘 하루 종일 머릿속으로 구상한 애니메이션의 제목이었다.

아리랑의 주인공은 '아리'라는 여자아이다.

아리에게는 오래된 물건에 깃든 '기억'을 볼 수 있는 힘이 있다.

그 힘을 이용해 아리는 주변 사람들의 사연을 듣고 도움을 주며 살아간다.

그러던 어느 날, 아리는 숲속에서 우연히 오래된 물건을 줍게 된다.

한데 그 물건에 깃든 기억을 읽게 되는 순간 소스라치게 놀라고 만다.

아리가 자신이 본 기억을 토대로 앞으로 벌어질 불길한 일들을 막기 위해 여행을 떠난다는 것이 이야기의 큰 틀이다.

타타타타타탁! 타타타타탁!

김두찬은 빠르게 시나리오를 적어나갔다.

*　　　　　*　　　　　*

이틀이라는 시간이 빠르게 지나갔다.

목요일엔 오후 강의 하나밖에 없었지만 아침부터 바빴다.

오전엔 뷰티미닷컴의 의류 촬영이 잡혀 있었다.

두 시간의 타이트한 촬영 후엔 회사에서 잡아놓은 인터뷰 다섯 건을 해결해야 했다.

김두찬이 샘 레넌 감독과 적의 영화화를 위해 계약을 체결했단 발언으로 인해 여기저기서 인터뷰 요청이 쇄도했기 때문이다.

사실 들어온 요청을 다 소화하려면 2박 3일간 인터뷰만 해도 모자를 판이었다.

해서 플레이 인 측에서는 굵직굵직한 인터뷰 건만 허락했다.

한 시간에 걸친 인터뷰를 끝낸 뒤엔 학교로 향해 강의를 들었다.

식사는 학교로 이동하는 밴 안에서 도시락으로 때웠다.

강의가 끝난 뒤에는 잡지 촬영을 위해 수원으로 이동했다.

이동하는 시간 동안은 늘 그렇듯이 노트북을 꺼내 집필에 몰두했다.

그의 손끝에서 아리랑의 시나리오가 무서운 속도로 만들어지고 있었다.

그러는 사이 밴은 목적지에 도착했다.

김두찬은 그동안 짬이 날 때마다 가끔씩 이런저런 잡지에서 모델 활동을 해왔다.

주로 슈트를 입고 촬영을 할 때가 많았다.

오늘도 역시 수트 촬영이었다.

하지만 주인공은 슈트가 아니었다.

시계였다.

명품 시계를 차고 그게 어울리는 슈트를 입어야 하는 것이다.

김두찬은 수원의 스튜디오로 도착하자마자 디자이너가 미리 준비해 놓은 슈트를 입고 구두를 신었다.

그리고 마지막으로 시계를 찼다.

명품으로 치장을 한 김두찬의 모습은 완벽이라는 말로도 모자를 만큼 멋졌다.

포토그래퍼는 셔터를 누를 때마다 감탄을 내뱉었다.

처음에는 이런저런 포즈를 부탁하다가 나중에는 김두찬에게 모든 것을 맡겼다.

그의 느낌대로 아무렇게나 해보라며 놔두었다.

김두찬은 최선을 다해 여러 가지 자세를 잡아주었다.

단순히 자세만 잡는 게 아니었다.

감정이 담겨 있었다.

연기의 랭크가 오른 덕분에 작은 손 모양 하나, 미세한 얼굴 근육의 움직임 하나로도 분위기가 확 바뀌었다.

가뜩이나 완벽한 몸매에 얼굴을 자랑하는 김두찬이다.

그런데 거기에다 연기력까지 더해지니 도무지 빈틈이라는 게 보이지를 않았다.

김두찬의 열연으로 촬영은 단 삼십 분 만에 끝이 났다.

포토그래퍼는 인생에 다시없을 역작을 건질 것 같다며 좋아했다.

하지만 문제가 하나 있었다.

김두찬이 워낙 빛이 나는 바람에 그가 찬 시계가 제대로 살지 않으면 어쩌나 싶었다.

그것은 기우였다.

찍어 놓은 컷들을 확인해 보니 김두찬은 혼자서만 빛나고 있는 게 아니었다.

걸치고 있는 옷과 시계까지도 더할 나위 없이 고급스러워 보였다.

그 안에서도 시계가 유독 시선을 끌어당겼다.

결국 모두가 만족스러운 촬영을 마치고서 김두찬은 집으로 돌아올 수 있었다.

목요일의 대외적인 스케줄은 그것으로 끝이었다.

이후부터 김두찬은 아리랑의 집필에만 몰두했다.

집필은 자정이 넘어서까지 쉼 없이 이어졌다.

누가 말리지 않으면 평생 컴퓨터 앞에서 키보드만 두들기고 있을 것처럼 무서운 기세로 글을 쓰던 김두찬이 갑자기 손을 멈췄다.

그러고서는 김두리의 방으로 향했다.

이제 드림 룰러를 사용해 주는 것도 오늘로써 마지막이 될 터였다.

자고 일어나면 김두리는 연기과 수시 지원을 위해 태평예술대학으로 가야 했다.

동생의 합격을 기원하며 드림 룰러를 사용한 김두찬은 다시 방으로 돌아와 집필을 이어나갔다.

작업은 동이 틀 무렵까지 계속됐다.

아리랑의 집필은 이제 80퍼센트 정도까지 완성된 상태였다.

김두찬은 잠시 머리를 쉬게 해주기 위해 네 시간 정도 눈을 붙였다.

너무 과도한 집필은 유연한 생각을 막아버리기 때문이다.

그러는 사이 김두리는 태평예술대학으로 향했다.

반드시 합격하고 말겠다는 각오를 다지며 교문을 넘어선 김두리는 대기실에서 자신의 차례가 오기만을 기다렸다.

김두리의 지원 번호는 19번.

비교적 앞 번호라 오랜 기다림 없이 실기 시험장에 들어갈 수 있었다.

"김두리 씨, 맞죠?"

시험관으로 앉은 세 명의 교수 중 한 명이 물었다.

"네. 맞습니다."

"자기소개부터 간단히 하시면 바로 상황 드릴게요."

"알겠습니다!"

씩씩하게 대답을 한 김두리는 미리 준비해 온 자기소개를
줄줄 읊었다.

그리고 본격적인 실기 시험이 시작됐다.

*　　　*　　　*

"으음."

잠에서 깬 김두찬은 허공에 떠 있는 흐릿한 글자에 눈을
마구 비볐다.

그러자 시야가 조금 맑아지며 글자가 또렷하게 들어왔다.

그것은 시스템 메시지였다.

[보너스 미션]

김두리를 태평예술대학 연기과 수시에 합격시켜라. ─합격 가
능성을 판별 중입니다. 80퍼센트 이상으로 판단되면 미션은 자
동 클리어됩니다. 현재 가능성 56%.

"어… 합격 가능성? 80퍼센트 이상이면 미션 클리어로 인정된다고?"

김두찬이 당황하자 로나의 음성이 들려왔다.

—그렇답니다. 지금 두리 양은 실기를 보는 중이랍니다. 심사 위원분들의 만족도가 높아질수록 합격 가능성은 높아진답니다.

로나의 말이 이어지는 동안 '현재 가능성' 수치는 계속해서 올라가고 있었다.

눈을 떴을 땐 56%였던 것이 지금은 62%까지 올라갔다.

김두리가 심사 위원들의 눈에 들게끔 열심히 연기를 잘하고 있다는 뜻이었다.

그에 김두찬은 조금 마음이 놓였다.

만족도가 빠르게 올라가는 것을 보니 80% 이상은 무난하게 넘길 것 같았다.

'그러면… 이러고 있을 때가 아니지.'

보너스 미션에 성공하면 능력 하나의 랭크가 무작위로 업그레이드된다.

때문에 랭크가 낮은 능력치는 포인트를 투자해 올려 놓아야 했다.

김두찬이 상태창을 열어 능력치를 살폈다.

아직 A랭크가 되지 않은 능력들은 언변(B), 높이뛰기(C), 춤(F)이었다.

'남아 있는 간접 포인트는 7,600. 세 가지 능력을 전부 A랭크로 올리려면 7,100포인트가 필요하니까… 충분해.'

김두찬이 세 가지 능력에 일괄적으로 포인트를 투자했다.

그러자 업그레이드된 능력들의 특전이 주르륵 나타났다.

[언변의 랭크가 A로 업그레이드됐습니다. 랭크 업 특전이 주어입니다. 말에 강력한 기운이 담깁니다. 말로써 전달하고자 하는 모든 감정들을 원하는 대로 전할 수 있게 됩니다.]

[높이뛰기의 랭크가 B로 업그레이드됐습니다. 랭크 업 특전이 주어집니다. C랭크보다 5% 더 높이 뛸 수 있게 됩니다.]

[높이뛰기의 랭크가 A로 업그레이드됐습니다. 랭크 업 특전이 주어집니다. B랭크보다 5% 더 높이 뛸 수 있게 됩니다.]

[춤의 랭크가 E로 업그레이드됐습니다. 랭크 업 특전이 주어집니다. 기본적인 리듬을 타는 것이 가능해집니다.]

[춤의 랭크가 D로 업그레이드됐습니다. 랭크 업 특전이 주어집니다. 여러 장르의 음악에 어울리는 춤을 가볍게 추는 것이 가능해집니다.]

[춤의 랭크가 C로 업그레이드됐습니다. 랭크 업 특전이 주어집니다. 모든 장르의 춤을 어색하지 않게 추는 것이 가능해집

니다.]

[춤의 랭크가 B로 업그레이드됐습니다. 랭크 업 특전이 주어집니다. 모든 장르의 춤을 능숙하게 추는 것이 가능해집니다.]

[춤의 랭크가 A로 업그레이드됐습니다. 랭크 업 특전이 주어집니다. 모든 장르의 춤을 전문가 수준으로 추는 것이 가능해지며, 춤을 본 사람들의 호감도 증폭도가 잠시 동안 상승합니다.]

'됐다.'

이제 모든 능력치가 A가 되었다.

한편 김두리의 합격 가능성은 그새 78%까지 올라가 있었다.

김두리가 보여주는 연기는 확실히 심사 위원들에게 어필이 됐다.

그간의 드림 룰러가 제대로 효력을 발휘하는 중이었다.

보너스 미션을 클리어하는 건 기정사실이라고 김두찬은 믿었다.

'과연 어떤 능력이 올라가려나… 어?'

상태창을 살펴보던 김두찬의 눈에 차마 체크하지 못했던 항목이 들어왔다.

패시브가 아닌 액티브 능력란에 새로 생긴 '이중인격(F)'이었다.

'윽! 저건 미처 몰랐는데!'

잠간 동안 합격 가능성이 79%가 되었다.

김두찬은 이중인격을 핵으로 치환시킬까 생각했으나 생각을 바꿨다.

그럴 셈이었다면 얻은 날 그 즉시 없애 버렸을 것이다.

하지만 이중인격은 분명 김두찬에게 도움이 됐다.

또 다른 인격의 사고와 감정 등등을 생생하게 전달받을 수 있었기 때문이다.

그것은 상상 공유나 드림 롤러를 통해 타인의 생각, 인생을 간접적으로 체험해 보는 것과는 완전히 차원이 달랐다.

다른 사람의 마음을 내 마음처럼 바로 느낄 수 있다는 건 대단한 일이었다.

이는 곧 이야기를 창작할 때 만들어내는 캐릭터의 리얼리티가 더욱 살아날 수 있다는 얘기였다.

해서 이중인격을 없애 버릴 수는 없는 노릇이었다.

김두찬은 찰나의 순간 남은 간접 포인트 500 중 300을 이중인격에 투자했다.

낮은 랭크를 두 단계라도 더 올리기 위해서였다.

직접 포인트는 아까워서 차마 투자할 수가 없었다.

[이중인격의 랭크가 E로 업그레이드됐습니다. 랭크 업 특전이

주어집니다. 또 다른 인격이 둘로 늘어납니다.]

[이중인격의 랭크가 D로 업그레이드됐습니다. 랭크 업 특전이 주어집니다. 또 다른 인격이 셋으로 늘어납니다.]

'내 안에 다른 인격이 셋이나 생겼어?'

김두찬이 특전을 보며 놀라는 그때였다.

[보너스 미션]

김두리를 태평예술대학 연기과 수시에 합격시켜라. ─합격 가능성을 판별 중입니다. 80퍼센트 이상으로 판단되면 미션은 자동 클리어됩니다. 현재 가능성 80%. ─클리어!

보너스 미션이 클리어됐다.

이윽고 시스템 메시지가 나타났다.

[보너스 미션을 클리어했으므로 보상이 주어집니다. 두찬 님의 능력 중 하나가 무작위로 한 단계 업그레이드됩니다.]

[보상이 주어졌습니다.]

[체력의 랭크가 SS로 업그레이드됐습니다. 랭크 업 특전이 주어집니다. 곰의 근력을 얻었습니다.]

무작위로 업그레이드된 건 체력이었다.

김두찬이 지그시 주먹을 쥐었다.

전에 없던 강렬한 힘이 느껴졌다.

'곰의 근력을 얻었다고 했지.'

김두찬이 체력 랭크S에서 얻은 특전은 고양이 몸놀림이었다.

그것으로 인해 김두찬은 보통 사람을 초월하는 유연함과 동물적인 반사 신경을 갖게 됐다.

그러니 곰의 근력이라는 것은 바로 힘을 얻었다는 것이다.

김두찬이 집 밖으로 나갔다.

그러고는 정원에서 사과만 한 돌멩이 하나를 주워 들었다.

'어디 한번.'

김두찬은 돌멩이를 움켜쥔 손에 힘을 주었다.

돌멩이를 악력으로 부숴 보려는 것이었다.

누가 보면 미친 짓이라고 했겠지만 김두찬은.

쩌적… 퍼석!

아주 쉽게 해냈다.

김두찬의 손에 쥐어진 돌멩이는 산산조각 나서 손가락 틈새로 쏟아져 내렸다.

'악력의 능력에 곰의 근력이 더해지니 이 정도는 식은 죽 먹기야. 그럼……'

김두찬이 창고에 들어갔다.

창고에는 집을 짓고 나서 남은 철근 조금과 쇠파이프가 한편에 잘 쌓여 있었다.

김두찬이 그중 야구방망이만 한 쇠파이프 하나를 집어 들었다.

그러더니 쇠파이프의 양 끝을 잡고서 강하게 힘을 줬다.

사람의 힘으로는 꿈쩍도 하지 않을 것 같던 두꺼운 쇠파이프가 '우그적!' 하고 구겨졌다.

김두찬의 손가락 자국이 쇠파이프의 양쪽 끝에 그대로 남았다.

거기서 끝이 아니었다.

김두찬은 두 손으로 쇠파이프에 가하는 힘의 방향을 달리해 꽈배기처럼 비틀었다. 그러자 쇠파이프는 엿가락처럼 휘어지더니 허리가 완전히 틀어졌다.

"이게… 된다니."

김두찬은 원래의 형태를 찾아볼 수 없을 만큼 참혹한 모습이 된 쇠파이프를 보며 혀를 내둘렀다.

자기 자신이 해놓고서도 너무나 신기했다.

땡그랑.

쇠파이프를 바닥에 던져 버린 김두찬이 자신의 두 손을 바라봤다.

쇳덩이를 구기고 비튼 손이라고는 믿을 수 없을 만큼 상처 하나 없이 말끔했다.

"이제는 육체적으로도 인간과 멀어지는구나."

너털웃음과 함께 저도 모를 감상이 튀어나왔다.

그런데 로나가 갑자기 끼어들었다.

—그 반대랍니다.

'응? 반대라니?'

—두찬 님께서는 인간과 멀어지는 게 아니랍니다. 오히려 인간이 가지고 있던 본연의 모습에 더 가까이 다가가고 있는 것이랍니다.

그 말에 얼마 전 로나가 해줬던 말이 떠올랐다.

—우리도 신기해요. 무궁무진한 가능성을 스스로의 틀 안에 가두어 버린 지구인들이요. 지구인들은 본래 4차원, 그 너머의 힘까지도 사용할 수 있는 종족이었답니다. 생각만으로 무거운 물건을 들어 올리고, 바라는 것만으로 비를 불러왔었죠.

로나는 인간이 지금 초능력이라 여기는 그 모든 힘들을 아주 당연한 듯 사용하는 존재들이었다고 말했다.

하지만 오랜 시간을 흘러 내려오며 스스로 그 힘을 몸 안에 가두어 버렸다는 것이 그녀의 주장이었다.

그 얘기에 근거해 본다면 김두찬이 오히려 인간 본연의 모습에 가까워지고 있다는 게 더 맞는 것이긴 했다.

김두찬은 생각이 난 김에 물었다.

'근데 로나. 지구인들은 그 힘을 왜 잃어버린 걸까?'

—그건 저도 알 수 없답니다. 다만 한 가지 확실한 건, 지구인들이 스스로의 힘을 봉인하지 않았다면 그들은 우주에서 가장 강한 종족이 되었을 거랍니다.

여전히 지구에는 수많은 불가사의들이 넘쳐난다.

심지어 바닷속 깊은 심해에는 아직도 인간이 밝혀내지 못한 생명체들이 1,000만 종이나 존재한다.

—지구에는 아직 인간들이 알지 못하는 많은 비밀들이 존재한답니다.

'그렇게 말하니까 꼭 다른 행성 얘기 듣는 것 같다.'

—두찬 님.

'응?'

—두찬 님은 전생을 믿으시나요?

로나가 갑자기 뜬금없는 질문을 던졌다.

김두찬은 잠시 생각하다가 고개를 가로저었다.

'글쎄, 그런 걸 심각하게 고민해 본 적이 없었어.'

—믿지 않으시나요?

'음… 그래도 굳이 따지자면 난 있을 것 같다고 생각해. 예전에 잠깐 성경이랑 불경을 공부해 본 적이 있었거든. 아주 잠깐이었지만. 단순한 호기심이었어. 그런데 난 불경 쪽 이야기가 더 마음에 와닿더라고. 뭐… 그러고 나서 금방 다 잊어버렸었는데 지금 네가 물어보니까 다시 생각나네. 지금 내가 연을 맺고 살아가는 사람들은 전부 전생에 어떤 식으로라도 연이 있던 사람들이라는 것이 특히 재미있었지.'

─그럼 두찬 님과 저는 전생에 어떠한 연이 있었던 것일까요?

김두찬은 로나의 음성이 평소와 달리 미세하게 가라앉아 있다고 느꼈다.

로나는 김두찬이 뭐라 대답하기도 전에 다시 입을 열었다.

─심각하게 생각할 필요 없어요. 그냥 의미 없이 던져본 물음이랍니다.

'아… 그래.'

이번에 들려온 로나의 음성은 전과 다름없이 밝기만 했다.

─아무튼 체력 랭크 꽁으로 드신 거 축하드려요!

'꽁이라니! 엄연히 보너스 미션을 클리어해서 얻은 건데.'

─동생분 수시에 합격한 것도 축하드립니다!

'아… 근데 그거 아직 결과 안 나왔잖아. 합격한 거라고 장담할 수 있는 거야?'

김두찬은 창고에서 나와 집 안으로 들어가며 로나와 대화를 나눴다.

—그럼요. 인생 역전이 어떤 게임인지 잊으셨나요? 심사 위원들은 이미 김두리 양에게 전부 합격점을 주었답니다.

'그렇구나.'

로나의 확신에 김두찬은 비로소 마음이 놓였다.

한결 가벼운 걸음으로 방에 들어온 김두찬이 컴퓨터 앞에 앉았다.

"그럼… 시나리오를 마무리 지어보자."

김두찬은 오늘 극장판 애니메이션 아리랑의 초고를 완성할 생각이었다.

그가 손가락을 풀고 타자를 두들기려 하는데 김두리에게서 전화가 왔다.

"응. 두리야."

—오빠! 나 실기 끝났어!

스마트폰 너머로 들려오는 김두리의 목소리가 대단히 밝고 경쾌했다.

"어땠어? 안 떨고 잘했어?"

—에헤헤헤! 벌써부터 김칫국 마시는 거 아닌가 싶지만 아무래도 붙을 것 같아! 나 오빠랑 같은 학교 다닐 수 있을 것 같다고!

김두리는 신이 나서 말을 하고는 꺅꺅대며 좋아했다.

김두찬의 얼굴에 절로 미소가 어렸다.

"축하해, 두리야."

드디어 친동생의 가장 큰 인생 숙제 중 하나가 끝났다.

Liking 92
격동의 카운트다운

한국 시간으로 11월 22일.

김두찬이 두 개의 시나리오를 보내기로 약속했던 날이다.

그리고 샘 레넌은 김두찬에게 하나의 메일을 받았다.

메일 안에는 적과 아리랑의 영문 시나리오가 담겨 있었다.

"Crazy……."

샘의 입에서 절로 감탄이 흘러나왔다.

실로 말도 안 되는 일을 김두찬이 해냈다.

하지만 시나리오를 읽어보기 전까지는 속단할 수 없었다.

샘은 우선 아리랑부터 열어보았다.

원고는 영문으로 집필되어 있었다.

"아리… 랑."

샘의 입에서 서툰 한국말이 흘러나왔다.

"특이한 제목이군."

샘은 집중해서 시나리오를 읽어나가기 시작했다.

$$* \qquad * \qquad *$$

드르륵.

열심히 굴러가던 마우스 휠이 멈췄다.

모니터에 떠 있는 건 시나리오의 마지막 장이었다.

'The end'라는 글을 읽은 샘이 크게 숨을 몰아쉬었다.

"후우우우우우우!"

아리랑을 읽고 난 그의 얼굴은 대단히 상기되어 있었다.

그는 아리랑의 첫 페이지를 접하는 순간부터 숨 쉬는 것조차 잊고서 글을 읽어 내려갔다.

마지막 장까지 단숨에 질주하고서 정신을 차려보니 두 시간이 지나 있었다.

재미, 캐릭터, 사건, 소재, 교육성까지 어느 것 하나 부족한 게 없었다.

그야말로 완벽이라는 단어가 당연하게 어울리는 작품이었다.

"이걸 일주일 만에 만들어냈다고?"

아니, 적까지 집필했으니 일주일이 아니라 그 절반이라고 봐야 했다.

"미치겠군. 아니, 미친 건 김 작가지. 어떻게 이게 가능한 건지 도통 알 수가 없어."

샘은 자신의 서재에서 미친 사람처럼 혼자 중얼거렸다.

그는 심각했다가 갑자기 웃었다가 한숨을 내쉬기도 했다.

그러다가 이번에는 적의 시나리오를 열어 읽어 내려갔다.

*   *   *

두 시간 뒤.

탕!

샘이 책상을 두 손으로 세게 때리며 벌떡 일어섰다.

"행운의 여신은 내게 손짓하고 있었어! 하하하하!"

샘은 터져 나오는 웃음을 참을 수가 없었다.

적의 시나리오가 그의 마음에 꼭 들었기 때문이다.

지금껏 그가 작업했던 그 어떤 시나리오보다 더 좋았다.

샘의 기량을 200퍼센트 발휘할 수 있는 아주 멋진 시나리오였다.

샘의 마음이 급해졌다.

그가 아리랑의 원고를 레이 스미스에게 전송했다.

그리고 문자를 하나 넣었다.

최대한 빨리 원고를 확인해 보고 연락을 달라는 내용이었다.

그러고는 가죽 재킷을 걸치며 집을 나섰다.

차에 시동을 거는 것과 동시에 레이첼에게 전화를 걸었다.

"레이첼? 지금 바빠? 내가 만나러 갈게. 당신이 주연으로 낙점된 영화에 대해 나눌 말이 있어."

샘의 회색 SUV가 급하게 출발했다.

레이첼과 통화를 마친 샘은 한 손으로 운전을 하며 다른 사람에게 다시 전화를 걸었다.

김두찬이었다.

*   *   *

"네. 알겠습니다. 극찬해 주셔서 감사합니다. 네. 감독님의 판단하에 소소한 부분들은 얼마든지 수정하셔도 괜찮습니다. 하하, 마음이야 미국 땅으로 날아가서 모든 과정에 동참하고 싶지만, 말씀드렸다시피 제가 여기서 해야 할 일들이 좀 많아요. 여유 생길 때 연락하고 찾아가겠습니다. 네. 잘 부탁드립니다."

아침 일찍부터 샘의 전화를 받은 김두찬은 눈도 제대로 뜨지 못한 채 영어로 대화를 했다.

"후우."

전화를 끊고 난 뒤 비로소 몸을 일으킨 김두찬이 기지개를 힘껏 켰다.

"으드드드드드!"

몸이 이완되며 구석구석 남아 있던 잠이 싹 가셨다.

"일이 잘 풀리는구나."

시나리오를 샘에게 보낼 때 김두찬은 이것이 분명 먹히리라 장담했다.

그런데 이렇게까지 극찬을 받을 줄은 몰랐다.

하지만 아리랑에 대해서는 아무런 얘기가 없었다.

그저 레이 스미스에게 무사히 전달했다고만 말했다.

급할 건 없으니 그에 대한 대답은 느긋하게 기다리기로 했다.

김두찬은 5일 동안 작업실에서 먹고 자고 하며 시나리오 두 편을 완성했다.

물론 그 와중에 학교 강의는 빼먹지 않고 들었다.

뷰티미닷컴의 촬영과 플레이 인의 스케줄 역시 무리 없이 소화했다.

그렇게 22일, 수요일로 넘어가는 자정에 원고를 완성해서 보내고 집으로 복귀한 것이다.

정신없이 원고 작업만 해오다 보니 직접 포인트와 간접 포인트를 신경 쓰지 못했다.

김두찬이 상태창을 열었다.

직접 포인트는 6,250, 간접 포인트는 5,200이나 적립되어 있었다.

김두찬은 직접 포인트 3,200을 소비해서 손재주에 투자했다.

앞으로 웹툰 작업을 하는 만큼 손재주의 버프는 무조건 필요했기 때문이다.

[손재주의 랭크가 S로 업그레이드되었습니다. 랭크 업 특전이 주어집니다. 손으로 하는 모든 능력에 40%의 버프가 적용됩니다. 골든 핸드를 얻게 됩니다.]

랭크 업 되면서 버프는 35%에서 5%가 늘어났다.

김두찬이 골드 핸드의 능력을 자세히 살폈다.

[골드 핸드—10분 동안 버프의 힘이 100%로 증가합니다. 하루에 한 번 사용 가능하며 매일 자정에 리셋됩니다.]

'좋은 버프다.'

김두찬이 고개를 주억거리고서는 상태창을 닫았다.

오늘 이후로 간접 포인트는 어지간하면 사용하지 않고 모을 생각이었다.

그래서 8일이 되기 전날 포인트 상점을 열어 룰렛을 돌릴 셈이었다.

'로나. 포인트 상점은 매달 7일 날만 열리는 거야?'

―아니요. 언제든 이용 가능하답니다. 지금 마침 5,200포인트가 적립되어 있으니 룰렛을 돌릴 수 있답니다. 접속하시겠어요?

'음… 아니. 그래도 혹시 모르니까 그건 7일에 접속하는 게 낫겠어.'

간접 포인트를 사용하지 않고 되도록 적립하겠다 마음먹었으나, 필요할 때가 있을지도 모른다.

서두를 필요는 없었다.

이제 김두찬은 다시 웹툰에만 집중할 수 있었다.

그가 컴퓨터를 켜고 웹툰 몽중인 1화를 열었다.

다시 봐도 그림의 퀄리티며 연출이 상당했다.

김두찬은 바로 2화를 이어 그리려다가 손을 멈췄다.

"……!"

순간적으로 김두찬의 머릿속으로 번개가 내리쳤다.

'콰르릉!' 하는 뇌성이 울리고 하얀 플래시백이 터지더니 기막힌 이야기들이 주르륵 떠올랐다.

'이거… 뭐지?'

김두찬이 딱히 자신의 능력 중 무언가를 사용한 것은 아니었다.

이야기의 힘이 패시브이긴 하나, 그것 역시 김두찬이 소잿거리를 잡아내겠다는 마음으로 사물을 봐야 작동했다.

한데 지금은 그저 웹툰 몽중인을 그리겠다는 생각만 했을 뿐이다.

그런데 갑작스레 끝내주는 스토리가 떠올랐다.

'설마… 이게 그건가? 창작가들이 말하는 영감?!'

그것은 마치 신내림 같다고 창작자들은 말한다.

평소에는 떠올리려고 해도 떠오르지 않던 끝내주는 이야기가 어느 날 갑자기 번쩍! 하고 찾아온다.

잠자다가 잠깐 눈을 떴을 때, 화장실에서 볼일을 볼 때, 밥을 먹을 때, 멍하니 텔레비전을 보고 있을 때도.

이 영감이라는 것은 때와 장소를 가리지 않고 아무 때나, 불현듯 나타나는 법이다.

김두찬에게는 바로 지금이 그랬다.

이런 경우는 이번이 처음이었다.

지금까지 김두찬은 항상 생각을 하거나 능력의 힘을 사용해 이야기를 만들어냈다.

이번에는 어떠한 행동도 하지 않았다.

그런데 거짓말처럼 이야기가 만들어졌다.

난생처음 겪어보는 이 신기한 일에 김두찬은 전율을 느꼈다.

그는 새로운 파일을 열고 손가락에 불이 나도록 키보드를 두들겼다.

타타타타타탁!

*   *   *

김두찬은 앉은 자리에서 꼼짝도 않고 4시간 동안 글을 썼다.

그 바람에 수요일 오전 강의도 빼먹고 말았다.

김두찬으로서는 있을 수 없는 일이었다.

그가 너무 글에 집중한 나머지 강의가 있다는 걸 잊어버린 건 아니었다.

타자를 두들기던 와중 슬슬 준비해서 학교로 가야 하지 않나, 하며 스스로에게 물었다.

결과적으로 김두찬은 그 물음을 애써 무시했다.

지금이 아니면 머릿속에 떠오른 이야기를 온전히 담아내기 힘들 것 같았다.

결국 네 시간에 걸쳐 김두찬은 50화 분량의 웹툰 스토리를 완성했다.

스토리는 각 화마다 콘티를 글로 풀어놓은 형태로 만들어져 있었다.

웹툰의 장르는 심리 드라마.

제목은 '나를 싫어하는 사람들'이다.

김두찬은 바로 콘티 작업에 들어갔다.

오늘은 아쉽지만 학교에 나가지 않기로 했다.

느낌이 왔을 때 끝을 보고 싶었다.

일단 콘티까지만 제대로 빼놓으면·그다음부터는 삼천포로 빠지는 일이 없을 테니 말이다.

'지금 이 느낌, 이 감각을 살려야 돼.'

김두찬은 태블릿을 이용해 한 화, 한 화의 콘티를 만들어 나갔다.

*　　　*　　　*

샘은 레이첼의 집에서 새벽까지 대화를 나누는 중이었다.

저녁 무렵부터 들이붓기 시작한 술은 여전히 현재진행형이었다.

그들이 주고받는 이야기의 주제는 당연히 적이었다.

"정말 대단하지 않아?"

"감독님이 원고 넘겨주자마자 읽기 시작해서 단 한 번도 눈을 뗄 수 없었어요. 이 얘기만 벌써 백 번쯤 한 것 같네요."

"이건 할리우드의 역사를 뒤바꿀 만한 작품은 아니야. 내 영화 인생의 역사를 뒤바꿔 주겠지."

"내 배우 인생도 그럴 거라 생각해요. 그런데 다른 배역 캐스팅은 생각해 뒀어요?"

레이첼의 물음에 샘이 씩 웃으며 종이쪽지 하나를 내밀었다.

그걸 펴 본 레이첼의 눈이 크게 떠졌다.

쪽지 안에는 할리우드에서 가장 핫한 배우들의 이름 다섯 개가 적혀 있었다.

모두가 주연급의 배우들은 아니었다.

대신 각각의 위치에서 가장 강력한 존재감을 밝히는 이들이었다.

때문에 그들이 한 영화에 다 함께 모이기란 힘든 일이었다.

한데 샘은 그 배우들을 전부 자신의 영화에 몰아넣을 생각이었다.

"진심이에요?"

"이런 걸로 농담할 만큼 많이 취하지는 않았어."

"이분들이 다 오케이할까요?"

"시나리오를 읽어보면 오히려 돈을 싸들고 와서 배역을 달라고 난리 칠걸?"

"…그렇겠네요."

레이첼은 샘의 말을 부정할 수 없었다.

그녀가 읽어본 김두찬의 시나리오는 정말이지 최고였다.

시나리오 자체에 어떠한 마력이 깃들어 있는 것 같은 착각이 일 만큼.

"크랭크인은 언제쯤으로 생각하고 있어요?"

"이건 봄이야. 무조건 봄에 시작해서, 봄이 끝나기 전에 끝내야 돼."

"여름에 편집하고 홍보하고, 가을에 개봉한다?"

"그렇지. 가을은 사랑의 계절이야. 다들 사랑을 하고 싶어 안달이 나는 마법에 걸리지. 그 가을에 봄을 담은 아름답고 신비한 영화를 선물로 주는 거야."

"아주 좋아요. 하지만 적은 단순히 신비한 멜로가 아니잖아요?"

"마지막 반전을 보면… 멜로에 가깝다고 할 수 있지 않을까?"

"그럴 수 있겠네요. 난 그게 가장 맘에 들어요. 뻔하지 않아서."

"앞으로 두 달 안에 모든 캐스팅을 끝낼 거야. 레이첼이 많이 도와줬으면 해."

"욕심나는 작품이니까 그런 말 안 해도 알아서 잘할게요."

"건배할까?"

"좋죠."

두 사람의 손에 들린 유리잔이 맑은 소리를 내며 부딪쳤다.

샘이 얼음에 적신 위스키를 한 모금씩 들이켰을 때였다.

그의 스마트폰 벨소리가 시끄럽게 울렸다.

이 시간에 누구인가 싶어 액정을 확인해 보니 다즈니 스튜디오의 대표 레이 스미스였다.

샘이 바로 전화를 받았다.

"레이, 읽어봤어?"

―누구야!

스마트폰 너머에서 카랑카랑한 중년인의 음성이 들려왔다.

"윽! 귀청 떨어지겠네. 다짜고짜 그게 무슨 말이야?"

―이 시나리오 쓴 인간 누구냐고!

레이의 사나운 말투는 그가 대단히 화나 있는 것처럼 느껴지게 했다.

하지만 샘의 입가에는 오히려 미소가 어렸다.

"누군지 말해주면 어쩌려고?"

―글쎄, 누구냐니까!

"욕이라도 한 바가지 할 기세군."

―머저리 같은 농담 지껄이지 말고 당장 데려와! 계약해 버

리게!

레이는 소리를 버럭 지르고서 전화를 끊었다.

워낙 목청이 컸던지라 레이첼도 레이의 말을 전부 들을 수 있었다.

"레이 대표님은 여전하시네요. 일이 잘됐나 봐요?"

"적이 먼저야."

"네?"

"할리우드를 격동시킬 거야. 그다음은 아리랑이 될 거고."

샘은 이미 미래를 내다본 듯 그런 말을 중얼거렸다.

그의 몸은 기분 좋은 흥분으로 미세하게 떨리고 있었다.

김두찬이 물 건너 보낸 두 개의 시나리오가 미국의 거장들을 휘어잡았다.

샘의 말대로 김두찬이라는 이름이 할리우드를 격동시키기 위한 카운트다운이 시작되었다.

Liking 93
한국 애니메이션 총회

요 며칠 동안 심호철은 기분이 좋았다.

곧 있을 총회에 대한 기대감 덕분이었다.

올해 마흔이 된 그는 한국 애니메이션계에서 제법 끗발을 날리는 사람이었다.

애니메이션 제작에 관계된 사람이라면 심호철이라는 이름 세 글자를 모르는 이가 없었다.

그는 십여 년 전까지만 해도 잘나가는 웹툰 작가였다.

한데 그의 웹툰 몇 편이 애니메이션화되며 국내에서 제법 좋은 성적을 내더니 해외로까지 수출되었다.

그것은 곧 애니메이션 제작사에 상당한 수익을 안겨주었다.

곁에서 이를 지켜보던 심호철은 자신의 작품으로 다른 사람이 배를 불리느니 차라리 자신이 그 바닥에 뛰어들고자 마음먹었다.

그러고서는 제작사를 차려 자신의 작품들을 애니메이션으로 만들어 공중파에 내보냈다.

다행스럽게도 심호철에게 제작사로서의 능력이 있었던 건지, 운이 따랐던 건지 그가 제작한 애니메이션들은 전부 다 괜찮은 성적을 안겨주었다.

그러다 보니 자연히 그는 웹툰계를 떠나 애니메이션 제작 일을 업으로 삼게 됐다.

지금은 신림에 5층짜리 빌딩을 사서 그곳을 회사 건물로 사용하며 많은 직원을 거느리고 있었다.

웹툰 작가였을 때도 잘나갔는데, 애니메이션 제작사를 차리고 나서는 연일 대박을 치니 그의 삶은 성공 가도를 달리고 있다고 해도 과언이 아니었다.

게다가 이번에는 한국 애니메이션 협회의 간부로까지 임명되었다.

자신보다 먼저 이 바닥에 뛰어든 사람들이 많은데 그들을 다 제치고서 간부가 되었다는 것이 대단히 뿌듯했다.

모든 직원이 퇴근하고 정적이 내린 회사 사장실에서 그는 홀로 남아 컴퓨터 모니터를 들여다보는 중이었다.

거기엔 총회 때 발표할 인사말이 적혀 있었다.

"이 정도면 됐지 뭐."

심호철은 오늘 하루 종일 인사말을 적는 데 시간을 할애했다.

수정에 수정을 거듭해서 완성된 인사말은 그의 마음에 퍽 들었다.

"그럼 누구한테 초대장을 보냈는지 좀 볼까."

모니터에 떠 있는 마우스 포인터가 '2017 총회 초대자 명단'이라는 파일을 클릭했다.

그러자 초대받은 인물들의 이름과 간단한 신상 명세가 주르륵 나타났다.

빠르게 이름들을 읽어나가던 심호철의 시선이 '김두찬'이라는 항목에서 멈췄다.

"김두찬? 내 친구 당끼 시나리오 작가 아냐?"

심호철의 미간에 세로줄이 생겼다.

"아니… 얘를 왜 불러?"

초대장을 보낼 멤버는 보통 협회장이 정한다.

사실 모이는 멤버라고 해봐야 늘 거기서 거기였다.

새로운 제작사가 생기지 않는 한은 멤버의 변동도 거의 없었다.

그래서 이번 총회도 추가 인원은 따로 없겠지 생각했다.

그런데 김두찬이라는 이름이 떡하니 박혀 있었다.

"이제 겨우 시나리오 한 작품 쓴 애를… 나 참."

심호철은 조금 전까지 맛있게 먹던 밥에 누가 모래를 뿌린 것처럼 기분이 찝찝했다.

"아무리 잘나가는 작가라고 해도 그렇지 이건 아니지 않나."

김두찬의 영향력이 지금 한국에서 어느 정도인지에 대해서는 심호철도 충분히 알고 있었다.

하지만 그건 그거고 이건 이거였다.

애니메이션 바닥에서 그는 초짜 시나리오 작가, 그 이상도 이하도 아니었다.

그럼에도 협회장이 그를 부른 저의를 심호철은 충분히 짐작할 수 있었다.

"김두찬의 이름값이 대단하니 총회 자리에 초대해 금칠 좀 해보겠다는 거지."

심호철이 혀를 찼다.

"쯧쯧, 난 모르겠다. 에휴."

그의 손이 신경질적으로 마우스 버튼을 클릭했다.

그러자 모니터에 떠 있던 초대자 명단이 사라졌다.

심호철은 다시 연설문을 보며 목소리를 가다듬었다.

"흠흠! 흐음, 음. 에… 안녕하십니까. 심호철입니다. 으흠! 심호철입니다! …너무 센가? 심호철이에요."

연설문의 첫 문장을 몇 번 반복하던 심호철은 갑자기 입을
다물었다.

그러고는 고개를 살짝 모로 꺾었다.

그 상태로 한참 생각에 잠겨 있던 그가 초대자 명단을 다시
열었다. 그리고 김두찬의 번호를 저장했다.

*　　　　*　　　　*

밤이 내린 시각.

김두찬은 '나를 싫어하는 사람들'의 콘티 50화를 전부 그렸
다.

한 화당 70컷 정도로 배분했으니 총 3,500컷 정도를 몇 시
간 만에 그린 것이다.

속도가 이만큼 빨라진 데에는 손재주의 업그레이드가 톡톡
히 한몫을 했다.

"이제는 웹툰이야?"

갑자기 옆에서 들려온 목소리에 김두찬은 화들짝 놀랐다.

고개를 돌려보니 김두리가 모니터를 쳐다보고 있었다.

"너 언제 들어왔어?"

"아까."

"노크도 없이?"

"했어. 소리도 질렀어. 근데 아무런 대답도 없길래 그냥 들어왔지."

김두찬은 전혀 듣지 못했다.

콘티를 그리는 데 과하게 몰두해 버린 모양이었다.

"근데 오빠 언제부터 그림 그렸어?"

"응? 종종 그렸어."

거짓말이었다.

그림은 능력을 얻고 나서부터 그리기 시작했다.

"저번에 로아 도와줄 때도 오빠가 그림 그려서 SNS에서 띄웠었잖아. 말은 안 했지만 나 그때 은근 놀랐어."

"그랬어?"

"진짜 연구 대상이라니까. 글은 그렇다 쳐도 그림은 대체 언제 연습했대?"

김두리가 고개를 갸웃했다.

생각해 보니 그림뿐만이 아니다.

자신의 오빠는 노래도 잘한다.

게다가 패션 센스가 전혀 없던 사람이었는데 이제는 옷도 잘 입는다.

돈도 잘 벌고 몸이 좋은 걸 보면 운동도 잘할 것 같았다.

게다가 미남.

'갖출 건 다 갖췄잖아?'

하나하나 조건을 따져보니 세상에 이런 퍼펙트맨이 없었다.

김두리는 새삼 김두찬이 자신의 친오빠라는 것에 이질감이 들었다.

"진짜 몇 달 전까지는 이런 사람이 아니었는데. 인생 모르는 거라니까."

"또 까분다. 근데 왜 들어왔어?"

"오빠 앞으로 이런 게 와 있어서."

김두리가 하얀색 편지 봉투 하나를 내밀었다.

김두찬이 받아보니 보낸 이가 '한국 애니메이션 협회'라고 되어 있었다.

"내가 가지고 들어왔다가 어제 준다는 게 깜박했어. 근데 한국 애니메이션 협회가 뭐 하는 곳이야?"

"글쎄, 나도 교류가 없던 곳이라 잘 모르겠네."

"아무튼 난 전해줬으니 이만!"

김두리가 경례하듯 이마에 손을 올리고서 방을 나갔다.

김두찬은 봉투를 뜯었다.

"초대장?"

봉투 안에 들어있는 건 초대장이었다.

읽어보니 곧 있을 한국 애니메이션 총연합회에 참석해 달라는 내용이 담겨 있었다.

"내 친구 당끼가 세긴 센가 보네."

김두찬은 이제 겨우 장편 애니메이션 시나리오 하나를 완성한 입장이다.

소설 쪽에서 김두찬의 명성은 대단했지만 애니메이션 바닥에서는 신인이나 마찬가지였다.

그럼에도 한국 애니메이션 협회에서는 1년에 한 번 있는 총연합회에 참석하라는 초대장을 보냈다.

'가야 하나.'

총회 날짜는 11월 25일, 토요일.

장소는 춘천이었다.

몇 달 전, 김두찬이 정미연과 함께 무계획 여행을 했던 도시였다.

"흠."

김두찬은 총회를 나가야 하나 말아야 하나 고민하다가 김태영에게 문자를 보냈다.

김태영은 내 친구 당끼를 제작한 아이 프로덕션의 대표였다.

밤이 늦었으니 답장은 내일쯤 올 것이라고 생각했다.

그런데 바로 전화가 왔다.

"네, 김 대표님."

ㅡ김 작가님! 잘 지내셨어요?

"네. 대표님도 잘 지내셨죠? 자주 연락드려야 하는데 일이 많아 신경을 쓰지 못했어요."

—아닙니다! 연락은 제가 자주 해야 맞는 거죠. 김 작가님께 도움받은 일이 한두 가지가 아닌데. 하하.

김태영에게는 김두찬이 은인이나 마찬가지였다.

하마터면 엎어질 뻔했던 거대 프로젝트를 김두찬이 새로운 캐릭터와 시나리오를 만들어 건네주는 바람에 무사히 제작할 수 있었으니까.

—한데 총회 초대장을 받으셨다고요?

"네. 이게 제가 나가도 되는 자리인지 모르겠네요."

—안 될 건 뭔가요? 무엇보다 그들이 초대장을 먼저 보냈잖습니까. 뭐, 특이한 케이스긴 하지만요.

"특이한 케이스라 함은?"

—음… 사실 협회에 작가분들은 몇 안 계십니다. 회원들 대부분이 제작자들이거든요. 이례적으로 시나리오 작가 몇 명이 소속되어 있기는 하지만, 그들은 역대급 히트작을 써낸 거물 작가들이고 지금은 제작도 겸하고 있는 분들이에요.

"그렇군요."

한마디로 거물급이 아니고서야 시나리오 작가가 협회의 일원으로 인정되는 경우는 없다는 얘기다.

그런데 김두찬은 내 친구 당끼 한 작품만으로 협회에게 인정받았다.

　—대단한 겁니다, 작가님. 내 친구 당끼는 이제 겨우 3화만 방영됐잖습니까. 그런데 협회에서 작가님을 총회에 초대한 거예요. 이게 무슨 말이겠습니까? 그만큼 내 친구 당끼의 반응이 폭발적이라는 반증입니다. 장담하건데 당끼는 한국 애니메이션 역사의 새로운 획을 긋게 될 겁니다.

　김태영의 목소리엔 힘이 담겨 있었다.

　당끼가 잘될수록 김태영의 입지도 단단해졌다.

　첫 방 때부터 분위기가 심상치 않더니 2화가 방영되고 나서는 시청자 게시판이 폭발했다.

　당끼를 본 아이들과 부모들이 극찬에 가까운 글들을 앞다투어 올린 것이다.

　사실 애니메이션은 어지간히 잘되지 않고서는 시청자 게시판이 파리만 날리게 마련이다.

　그리고 소위 대박이 났다고 하는 애니메이션도 처음부터 잘된 경우는 없었다.

　아이들이 가장 많이 보는 황금 시간대를 잡아서 몇 달 정도 꾸준히 방영을 해야 소식이 오는 법이다.

　당끼는 그것을 단 2화만에 해냈다.

　그러자 당끼의 이례적인 돌풍에 대해 이야기하는 기사들도 많이 터졌다.

물론 기사엔 내 친구 당끼의 시나리오 작가와 캐릭터 원작자가 김두찬이라는 이야기까지 함께 실렸다.

그러자 당끼에 대한 관심은 더더욱 올라갔다.

대한민국에서 김두찬이라는 이름은 지금 상당히 뜨거웠다.

데뷔를 한 이후부터 계속 태풍을 몰고 왔던 천재 작가가 그다.

그의 행보에는 항상 굵직굵직했고 세간의 이목을 늘 집중시켰다.

그런 그의 이름이 거론되니 당끼에 대한 관심은 더더욱 높아졌다.

덕분에 3화가 방송될 땐 2017년도 방영 애니메이션 중 가장 높은 시청률을 기록하는 기염을 토했다.

아이 프로덕션의 값어치는 날로 올라갔다.

벌써부터 당끼의 캐릭터 상품화를 제안하는 업체들이 줄을 서서 김태영을 만나고자 했다.

그에 김태영의 어깨에도 힘이 잔뜩 들어갔다.

그의 앞에는 꽃길만이 펼쳐졌고 이를 가능하게 만들어준 건 김두찬이었다.

─작가님, 무조건 나오세요. 저도 총회에 참가합니다. 작가님은 충분히 자격이 되는 분이에요.

"하하, 제가 자격이 되는지 안 되는지는 잘 모르겠고… 김

대표님 얼굴 보러 가는 걸로 할게요."

ㅡ네! 그렇게 생각하시고 오세요. 총회라고 해도 별거 없습니다. 거의 친목 다지는 자리라고 생각하시면 돼요. 협회장이 인사말하고 협회 간부들이 앞으로 협회를 어찌 이끌어갈지 한마디씩 던지고 하는 게 전부거든요. 아, 단체 사진도 하나 찍네요. 그거 말고는 술이랑 고기 먹으면서 두런두런 대화 나누는 게 답니다. 편하게 생각하고 오세요.

"네, 그럴게요. 아무튼 늦은 밤에 죄송했고 감사했어요."

ㅡ아닙니다! 김 작가님 연락은 자다가도 반갑게 받을 수 있습니다. 그럼 춘천에서 총회 때 뵙겠습니다! 좋은 밤 되세요!

통화를 끝낸 김두찬은 손에 들린 초대장을 가만히 바라봤다.

"춘천이라… 지인 동행해도 괜찮은 모임이면 미연이랑 같이 가야겠다."

춘천은 김두찬에게는 특별한 추억이 있는 곳이었다.

그래서 혼자보다는 정미연과 함께 가고 싶었다.

총회까지 남은 시간은 3일.

김두찬의 손이 태블릿 위에서 다시 바쁘게 움직였다.

총회에 가기 전까지 최대한 많은 분량의 웹툰을 비축해 두기 위해서였다.

한데 그때였다.

[보너스 미션]

극장판 애니메이션 시나리오를 집필해 레이 스미스의 만족도를 80% 이상 얻어라.─클리어!

보너스 미션을 클리어했다는 알림이 나타났다.

"…어? 이게 됐어?"

[보너스 미션을 클리어했으므로 보상이 주어집니다. 두찬 님의 능력 중 하나가 무작위로 한 단계 업그레이드됩니다.]

[보상이 주어졌습니다.]

[언변의 랭크가 S로 업그레이드됐습니다. 랭크 업 특전이 주어집니다. 사자후를 터득했습니다.]

무작위로 업그레이드된 능력은 사자후였다.

김두찬이 능력을 열어 살폈다.

[사자후─액티브 스킬. 목소리에 사자의 기운이 실려, 말 한마디로 모든 사람들의 이목을 집중시키는 한편, 경외심과 존경을 불러일으키고 집중도를 100% 향상시킨다. 사자후의 영향은 5분간 지속되며, 이 상태에서는 언변의 힘이 50% 올라간다. 하루에

한 번 사용 가능하며 매일 자정 리셋된다.]

"사자후. 좋아. 근데 레이 스미스 감독이 내 시나리오를 마음에 들어 했다고?"

─보너스 미션이 클리어됐으니 확실하답니다.

김두찬이 네 번째 퀘스트의 진행도를 살폈다.

[퀘스트: 다섯 가지 보너스 미션을 모두 클리어해라. 3/5]

"좋아. 이제 두 개 남았어."

두 가지 보너스 미션을 더 클리어하면 퀘스트 완료다.

그럼 네 번째 하트의 조각을 얻는다.

김두찬이 오른손등을 바라봤다.

그러자 아무것도 없던 손등 위에 다섯 개의 조각으로 나뉘어진 하트가 나타났다.

그중 세 조각은 붉은색으로 물들어 있었다.

퀘스트를 클리어할 때마다 하나의 조각이 붉게 물든다.

그리고 다섯 개의 조각이 전부 채워지면 하트의 보상을 받을 수 있었다.

과연 이번에 얻게 될 온전한 하트의 보상은 무엇일지 김두찬은 기대가 됐다.

"그러고 보니 정보의 눈은 의외로 많이 사용하지 않았네."

정보의 눈은 첫 번째 하트의 보상으로 얻었던 특전이었다.

포인트를 투자함에 따라 그에 해당하는 상대방의 정보들을 볼 수 있게 해주는, 이른바 치트키 같은 능력이었다.

한데 김두찬은 정보의 눈을 생각보다 많이 사용하지 않았다.

아니, 사용할 일이 별로 없었다.

어느 순간부터 그것에 의지하지 않아도 김두찬의 인생은 너무나 잘 풀렸기 때문이다.

그리고 그것은 로나가 원하는 일이기도 했다.

비록 김두찬을 성장시켜 준 것은 인생 역전이지만, 마지막에는 그가 인생 역전에서 완전히 독립하고 홀로 설 수 있기를 그녀는 바라고 있었다.

그것이 로나가 생각하는 인생 역전의 가장 이상적이면서도 완벽한 엔딩이었다.

김두찬도 그러한 로나의 마음은 잘 알고 있었다.

다만 처음부터 끝까지 의문으로 남는 것은, 로나가 왜 자신에게 이렇게 해주는가에 대한 물음이었다.

로나는 거기에 대해서는 여전히 함구를 했다.

어쩌다 한 번 지나가는 투로 물어봐도 다른 소리를 하거나 아예 대답을 하지 않았다.

그래서 언젠가부터 김두찬은 거기에 관해서는 묻지를 않았다.

때가 되면 로나가 먼저 얘기를 해주겠거니 할 뿐이었다.

잡생각을 접어두고서 웹툰 작업을 다시 진행하기로 했다.

콘티를 끝냈으니 이제 1화 원고에 손을 댈 시점이었다.

그런데 그때, 모르는 번호로 전화가 왔다.

'누구지?'

김두찬이 전화를 받았다.

"여보세요."

그러자 스마트폰 너머에서 딱딱하게 경직된 음성이 들려왔다.

―김두찬 작가님 번호 맞습니까?

"네, 맞아요."

―안녕하세요. 전 심호철이라고 합니다.

심호철은 자신의 이름을 대면 김두찬이 그가 누군지 바로 알 것이라 생각했다.

하지만 김두찬은 애니메이션 바닥에 이제 발을 들인 입장이었다.

게다가 그는 딱히 이 바닥의 생리나 유명한 사람들에 대해서 조사하고 다니질 않았다.

그래서 심호철이 누구인지도 전혀 몰랐다.

"그렇군요. 무슨 일로 전화를 주신 건지?"

심호철이 스스로의 이름을 밝혔음에도 김두찬에게서 아무런 동요가 없자 기분이 살짝 언짢아졌다.

—김 작가님, 나 누군지 모릅니까?

"네, 모릅니다."

—후우, 그래요. 이 일 시작한 지 얼마 안 됐으면 그럴 수 있죠. 뭐… 개인적인 프로필은 접어두고 우선 내가 왜 전화했는지에 대해서는 알아야 하니 이렇게 소개하겠습니다. 한국 애니메이션 협회에서 이사직을 맡고 있는 사람입니다.

"아, 그러시군요. 반갑습니다. 초대장은 오늘 받아봤어요. 초대해 주셔서 감사합니다."

—그 초대장 때문에 전화를 드렸습니다.

심호철의 음성은 꾸준히 딱딱했다.

그가 별로 김두찬에게 호의적이지 않음을 알 수 있었다.

"무슨 문제라도 있나요?"

—음… 좀 어려운 얘기지만 단도직입적으로 말씀드리겠습니다. 김두찬 작가님, 총회에 나오지 않아주셨으면 합니다.

김두찬의 미간이 좁아졌다.

초대받은 파티에 오지 말라고 하니 기분 좋을 사람은 어디에도 없었다.

김두찬이 설명을 요구했다.

"무슨 사정이 있는 건지 자세히 듣고 싶은데요."

―말하자면 복잡해집니다. 한 가지 확실한 건, 김 작가님께서 총회에 와봐야 좋은 일이 없을 거라는 겁니다.

"어떻게 확신하시죠?"

―충분히 그럴 만한 상황이니까요.

"전화 거신 당사자께서 제가 마음에 들지 않는 건 아니시고요?"

―…네. 솔직히 말씀드리자면 저, 별로 김 작가님 내키지 않습니다. 이제 겨우 시나리오 하나 끝낸 거고 이 바닥에서는 신인이나 다름없는 입장입니다. 물론 신인이라고 해서 총회에 나올 수 없는 건 아니지만, 총회란 엄연히 제작자들 간의 모임이지 시나리오 작가를 위한 자리는 아닙니다. 그런데 협회장님은 여태 유지되어 오던 총회의 암묵적인 룰을 무시하고 김 작가님을 초대했습니다. 이게 뭘 의미하겠습니까?

"일면식도 없는 협회장님의 속내를 제가 알 수야 있겠습니까?"

―후우, 그래도 나이에 똑똑한 양반인 줄 알았더니, 사회 경험이 적은 게 티가 나는군요.

"사회 경험 많은 사람은 다 심호철 씨처럼 나이 어린 사람을 쉽게 재단하고 무시하는 경향을 갖고 있나 보군요."

―뭐라고요?

"가는 말이 고와야 오는 말이 곱다는 속담은 어린아이들도 알고 있는데 설마 심호철 씨께선 모르신다고 하지는 않겠죠?"

―하! 누가 작가 아니랄까 봐 말은 잘하는군요. 그래도 이 바닥에서 엄연히 내가 선밴데 예의 좀 지킵시다.

심호철의 말에 김두찬이 정말 화가 나려 했다.

그때였다.

김두찬의 정신 속 깊은 곳에서 잠들어 있던 인격 중 하나가 깨어났다.

그 인격인 김두찬에게 잠시만 몸의 지배권을 달라 부탁하고 있었다.

'이건 뭐지?'

현재 김두찬은 이중인격의 랭크가 D로 올라가면서 세 개의 다른 인격이 내재되어 있었다.

그 인격들은 김두찬이 이중인격의 힘을 사용해야만 육신을 지배하는 것이 가능해진다.

한데 지금 김두찬은 이중인격을 사용하지 않았다.

그런데 세 개의 인격 중 하나가 깨어나 몸을 요구하고 있었다.

김두찬이 혼란스러워하자 로나가 설명을 해주었다.

―김두찬 님의 안에 있는 인격들은 자신이 활약해서 김두찬 님께 도움을 줄 수 있는 상황이라 판단되면 지금처럼 깨어

나서 육신의 지배권을 요구하고는 한답니다.

'그럼 지금이 그 타이밍이라는 거야?'

—네. 두찬 님의 안에 사는 또 다른 인격과 대화를 나눠보도록 하세요.

김두찬은 로나와의 대화를 끝내자마자 자신의 내면에 집중했다.

그러자 이질감이 느껴지는 기운이 하나가 포착됐다.

'넌 누구지?'

김두찬이 그 기운에게 물었다.

그러자 바로 대답이 들려왔다.

—네 능력이 만들어낸 인격이라고 기억되어 있어.

'이름은 있어?'

—이름, 딱히 필요할까. 편한 대로 불러. 물론 네 몸을 빌려 사용할 때는 네 이름을 달고 살게 되겠지만.

'넌 몇 번째로 생긴 인격이지?'

—세 번째.

'그럼 감마(Gamma)라고 하지.'

—알파, 베타, 감마, 델타. 그리스 문자에서 따왔군.

'감마. 이 상황에서 어떻게 도움을 줄 수 있다는 건지 얘기해 봐.'

—난 좀 사납거든. 하지만 생각이 없진 않아. 넌 너무 예의

가 바르더군. 때로는 맹수처럼 이를 드러내기도 해야 돼.

'싸우는 게 능사는 아니야.'

—기를 눌러 버릴 수는 있지.

김두찬은 어찌할까 생각했다.

그때 스마트폰에서 심호철의 음성이 들려왔다.

—김두찬 씨. 내 말 듣고 있어요? 여보세요. 아니, 뭐 하자는 거야, 대체.

그 말을 듣는 순간 김두찬은 이중인격의 능력을 활성화시켰다.

그러자 감마가 김두찬의 육신을 지배했다.

김두찬의 의식은 육신에서 멀어져 감마가 하는 양을 지켜보게 됐다.

감마는 우선 스마트폰의 녹음 버튼부터 눌렀다.

—김두찬 씨, 댁 같은 글쟁이들은 선배가 하는 말 그렇게 함부로 씹고 그럽니까? 소설 바닥에서는 그래요? 위계질서 엉망이네, 그 동네.

"심호철 씨."

—끝까지 이름 뒤에 선배라는 호칭은 붙이지 않으시네요.

"지금 후배로서 예의 지켜달라는 건가 본데, 예의라는 건 상호 간에 주고받는 겁니다. 후배가 선배에게 지켜야 하는 예의만 있는 게 아니라 선배가 후배에게 지켜야 하는 예의도 있는 법입니다. 어디서 일방통행을 바랍니까.

―좋게 좋게 대화하려 했더니 험한 말 나오게 만드네.

"험한 말? 심호철 씨!

감마가 심호철의 이름을 부르며 순간적으로 사자후를 사용했다.

그러자 음성에 담긴 기운이 심호철의 심신을 뒤흔들었다.

심호철은 무언가에 홀린 사람처럼 정신을 가누기 힘들었다.

이어 갑자기 조금 전까지 아무것도 아니었던 김두찬의 존재감이 거대하게 다가왔다.

감마는 사자후가 먹혀 들어간 상태에서 말을 이어나갔다.

"말 높이세요. 내가 애니메이션 시나리오를 집필한 건 맞지만 그건 내 주업이 아니라 수많은 부업 중 하나였습니다. 앞으로 애니메이션 시나리오를 한국에서 더 집필할지 말지도 모릅니다. 여차하면 내일이라도 발 빼고 댁들이랑 다른 울타리에서 평생 생활할 수도 있습니다. 그런 상황에서 무슨 선뱁니까? 우리 관계, 지금 일면식도 없이 통화만 나눈 사람 그 이상도 이하도 아닙니다. 차라리 나이 가지고 내리누르면 이해라도 하지. 한 번 더 예의 찾으면서 꼰대 짓거리 하면 가만있지 않습니다.

―……

심호철에게서는 잠시 동안 아무런 대답이 돌아오지 않았다.

사자후에 당해 버린지라 김두찬의 한마디 한마디가 가슴 깊이 들어와 속을 후벼 팠기 때문이다.

그러나 심호철은 이대로 굴복할 수 없었다.

그가 겨우 힘을 내 입을 움직였다.

―가만있지 않겠다는 건 협박하는 겁니까? 어떻게 할 건지 들어나 봅시다.

"통화 내용 녹음해 놨습니다."

―뭐?

김두찬이 스마트폰을 스피커폰 모드로 바꾸고서 음성 녹음 어플을 켜 방금 전 녹음했던 대화 내용을 플레이시켰다.

그러자 심호철의 음성이 흘러나왔다.

―김두찬 씨, 댁 같은 글쟁이들은 선배가 하는 말 그렇게 함부로 씹고 그럽니까? 소설 바닥에서는 그래요? 위계질서 엉망이네, 그 동네.

김두찬은 거기까지만 들려주고서 스톱 버튼을 눌렀다.

"잘 들으셨습니까?"

―…….

"지금 이거 우리 장르 바닥 전체를 싸잡아서 모욕한 거 맞죠? 이 음성 파일 당장 내일 장르문학협회랑 문단에 보내볼까요? 내일부터 심호철 씨한테 안부 묻겠다고 전화하는 사람 많아질 겁니다. 애니메이션 바닥에서 사장될 가능성이 높을 테니까요.

—후우우.

심호철이 깊은 숨을 내쉬었다.

그가 전보다 한층 진정된 음성으로 말을 했다.

—진짜 말로는 당할 수가 없네. 그래요, 알았어요. 내가 졌습니다.

감마가 완벽하게 심호철을 눌러 버렸다.

김두찬은 흡족해하며 다시 자신의 몸을 되찾았다.

상황을 정리한 감마는 조용히 의식 속 깊은 곳으로 숨어들어 잠이 들었다.

스마트폰에서 심호철의 뻘쭘한 음성이 들려왔다.

—사실 이런 기 싸움이나 하려고 전화한 게 아닌데…….

"애초부터 총회에 오지 말라는 말 자체가 싸움의 불씨가 되기엔 충분했던 것 같습니다만."

—나도 이게 정상적인 상황은 아니라는 걸 압니다. 그럼에도 불구하고 왜 이런 전화를 했겠습니까? 거기엔 그럴 만한 이유가 있는 거 아니겠어요?

"그러니까 그 이유라는 게 뭐냔 말입니다."

—그걸 말해줄 수 있었으면 벌써 말해줬지.

"그냥 제가 꼴 보기 싫어서 없는 이유 들먹이며 오지 말라 강짜 놓는 건 아닙니까?"

─내 나이 올해 마흔입니다. 똥 쌀 자리, 안 쌀 자리는 구분할 줄 알아요. 사람을 어떻게 보고. 하아, 아무래도 대화가 안 되겠네. 아무튼 난 분명히 얘기했습니다. 오지 말라고. 와봤자 좋은 일 없을 거라는 것도 경고했어요. 왜냐고 묻지 말아요. 대답해 주고 싶어도 해줄 수 없는 사정이 있으니까. 끊습니다.

심호철은 일방적으로 통화를 끝냈다.

김두찬은 대체 심호철이 무엇을 경고하고 싶었던 건지 알 수가 없었다.

*　　　*　　　*

11월 25일.

애니메이션 총회 날이 다가왔다.

김두찬은 심호철의 얘기를 크게 신경 쓰지 않았다.

그가 무슨 저의로 총회에 참석하지 말라 그랬는지 알 수 없었으나 김두찬이 나가지 않을 이유 또한 없었다.

그는 엄연히 협회장으로부터 초대를 받은 입장이었으니 말이다.

아울러 자신을 초대한 것이 심호철의 말마따나 좋지 않은 결과를 초래하게 된다 해도 상관없었다.

김두찬은 어느 순간부터 다가오는 위험을 굳이 피하려 들지 않았다.

맞서 싸워서 이겨냈다.

20년 동안 지겹도록 도망치고 피하기만 했던 인생이었다.

그게 김두찬 스스로도 신물이 났지만, 정면으로 부딪힐 용기가 없었다.

하지만 지금은 달랐다.

그에게는 본인의 힘이 있고 그를 받쳐줄 사람들이 있었다.

김두찬은 오후 두 시쯤 해서 정미연의 집을 방문했다.

그녀는 오늘 아침까지 일에 시달리다가 들어와 아직도 잠에 푹 빠져 있었다.

다행히 토요일인 오늘은 그녀의 스케줄이 텅 비어 있었다.

해서, 늦잠을 자도 상관없었다.

그리고 김두찬과 애니메이션 총회에 함께 가는 것도 가능했다.

보통 애니메이션 총회에 전혀 관계없는 지인을 데려가는 건 허락되지 않는다.

작가조차 배척하는 마당이잖은가.

해서 김두찬은 협회장에게 직접 전화를 걸었다.

초대장에는 협회장의 전화번호와 '임청이'라는 이름이 적혀 있었다.

임청이 협회장은 올해 예순을 넘긴 노인으로 80년대 한국 극장판 애니메이션계를 주름잡던 인물이었다.

당시의 유명한 한국 애니메이션은 전부 그의 손에서 탄생했다고 해도 과언이 아니었다.

임청이는 김두찬의 전화를 받자 그를 반갑게 맞아주었다.

아울러 정미연의 동행 요청에 그마저도 허락했다.

소음이 조금 나올 거라 예상되기는 하지만 그것은 자신이 잘 진정시켜 보겠으니 걱정 말라며 김두찬을 안심시켰다.

그에 김두찬은 왜 자신을 초대했느냐 물었다.

임청이는 김두찬이 집필한 내 친구 당꼬를 보고서 대단한 충격과 감명을 받았다고 대답했다.

이런 인재를 이 바닥에서 놓치면 안 된다고 생각했다.

해서 언젠가 사적으로 연락을 취해보려 했는데 총회가 다가오는 김에 아예 모든 사람들에게 눈도장을 찍고 안면을 트는 게 더 나을 것 같다는 판단을 내린 것이다.

말인즉, 김두찬을 애니메이션 바닥에 못 박아 두고자 하는 게 그의 바람이었다.

이런 뛰어난 인재를 놓치기 싫었던 것이다.

해서 넌지시 김두찬을 총회에 초대하는 것이 어떻겠느냐 안건을 발의했다.

하지만 김두찬을 마땅찮게 생각하는 무리들도 협회 내엔

제법 많았다.

바로 심호철 같은 중년 감독과 제작자들이었다.

그들의 입장에서는 이게 아무리 봐도 김두찬이 특혜를 받는 것으로밖에 비추어지지 않았다.

그러나 만인만색인 법.

총회에 그렇게 편협한 생각만 가진 이들이 전부인 건 아니었다.

몇몇은 정반대의 입장이었다.

장기적으로 봤을 때 김두찬이 애니메이션 총회의 일원으로서 있어주는 게 이 바닥의 발전을 위해서 옳은 일이라 판단했다.

하지만 그런 생각을 가진 이들 대부분은 소위 말해 이 바닥에서 큰소리를 낼 짬이 안 됐다.

때문에 눈치만 살피며 죽은 듯 입을 다물었다.

그러던 와중 총회의 다섯 이사 중 한 명인 '장남길'이 그들의 생각을 지지했다.

장남길은 이사 중에서 가장 입김이 강했으며 협회장 임청이와 함께 두 명의 원로라 불리우는 사람 중 한 명이었다.

장남길은 젊은 시절 임청이와 함께 한국 애니메이션의 붐을 일으킨 인물로, 두 사람은 선의의 경쟁자였기도 했다.

그러나 임청이의 네임밸류가 워낙 세다 보니 장남길은 늘 그의 이름 뒤에 묻히곤 했다.

해서 이청이가 대중적 인지도를 얻은 반면 장남길을 아는 이는 애니메이션 관계자가 아닌 이상 거의 없었다.

아무튼 그런 장남길이 신진 제작자들의 편을 들어주며 몰래 임청이의 옆구리를 찔렀다.

"김두찬을 초청하는 것이 여러모로 앞으로를 생각했을 때 좋을 것 같네. 한 명의 천재가 백 인분의 몫을 하게 마련일세. 게다가 그의 이름은 지금 대한민국을 격동시키고 있지 않은가? 그를 총회의 일원으로 인정하세나. 우리는 지는 꽃이고 젊은이들은 피는 꽃이니만큼 후세대를 생각했을 때도 그게 낫지 않겠는가?"

임청이가 김두찬을 초청하려 했던 것도 바로 그런 이유였다.

장남길의 생각이 자신의 생각과 꼭 들어맞으니 반갑기 그지없었다.

해서 협회의 규율을 살짝 어기더라도 자신의 권한으로 김두찬을 초청하기로 했다.

그는 바로 기존에 초대장을 보내기로 한 회원들 명단에 김두찬의 이름을 추가시켰다.

초대창은 일괄적으로 발송됐으나 아직 다른 이사들에게 언질을 따로 하지 않은 상태였다.

그래서 심호철은 김두찬이 초대장을 받은 뒤에 초대자 명단을 뒤적이다가 이 사실을 알게 된 것이다.

아무튼 임청이는 정미연과 함께 오는 것을 허락했다.

정미연 역시 김두찬 못지않게 한국에서 유명한 셀럽이었다.

게다가 내 친구 당끼의 제작 투자를 한 플레이 인 대표 정태산의 딸이다.

그런 만큼 애니메이션 업계와 아예 관계가 없는 것도 아니었다.

명분이야 만들면 된다.

지금 중요한 건 일단 김두찬을 들여놓는 것이었다.

물론 총회가 끝난 뒤 이사진과 중년 감독들이 여러 말을 하겠지만 임청이는 걱정하지 않았다.

총회 자리에는 기자들도 참석을 한다.

김두찬이 총회에 참석했다는 사실이 기사를 통해 알려지면 한국 애니메이션 협회의 가치와 인지도가 확 올라갈 것이 분명했다.

그로 인해 파생되는 또 다른 이익들 또한 많을 터.

결과적으로 긍정적인 효과를 만들어내면 다들 아무 말도 못 할 것이라는 게 임청이의 생각이었다.

덕분에 김두찬은 정미연과 함께 총회에 나갈 수 있게 됐다.

사실 안 가도 그만인 자리였다.

그러나 무엇이든 경험해 보는 것을 목표로 삼은 만큼 기회가 있을 때 여러 자리를 가보고 싶었다.

김두찬은 자고 있는 정미연의 머리를 쓰다듬었다.

"으음."

곤히 자던 정미연이 옅은 신음과 함께 눈을 떴다.

흐릿한 시야 너머로 김두찬의 모습이 들어왔다. 그에 정미연의 입가에 절로 미소가 어렸다.

"언제 왔어?"

그녀가 눈을 비비며 몸을 일으켰다.

"방금."

"몇 시야?"

"두 시 조금 넘었어."

"밥은?"

"안 먹었어."

"그렇구나. 흐아암."

정미연이 하품을 하며 화장실로 향했다.

"나 씻고 나올게."

"응."

정미연이 씻는 동안 김두찬은 냉장고를 열어 야채들을 꺼냈다.

그리고 그것으로 간단한 야채 크림수프를 만들었다.

어차피 저녁에는 총회에서 여러 가지 파티 음식들을 즐길 테니 배를 많이 채울 필요가 없었다.

정미연이 샤워를 마치고 나올 때쯤, 수프가 완성되었다.

"으음~ 맛있는 냄새."

정미연은 속옷에 가운 하나만 걸친 차림으로 의자에 앉았다.

"섹시하네."

김두찬이 그런 정미연을 보고 말했다.

"섹시해? 이렇게 하면?"

정미연이 가운의 앞섶을 살짝 열어젖혔다.

그녀의 하얗고 부드러운 가슴이 드러나자 김두찬이 시선을 슬쩍 아래로 떨어뜨렸다.

"자기는 여전히 이런 거 쑥스러워하더라."

"볼 때마다 설레는 여자야, 미연이는."

"그런 마음가짐 정말 좋아."

짧게 식사를 끝낸 뒤, 김두찬이 설거지를 하는 동안 정미연은 외출 준비를 마쳤다.

밖으로 나와 김두찬의 차를 타고 춘천으로 향했다.

오늘은 개인적인 스케줄을 소화하는 것이니 김두찬은 장대찬에게 푹 쉬라고 일러두었다.

경기도 구리에서 춘천까지는 2시간 30분이 조금 넘게 걸렸다. 원래 1시간 정도면 쏘는 거리인데 휴일이라 차가 막히는 바람에 시간이 지체됐다.

결국 김두찬은 지각을 하고 말았다.

총회가 열리는 장소는 남춘천역 인근의 공터였다.

상당히 넓은 부지는 본래 미군 부대가 있던 곳이었다.

몇 년 전 더 이상 필요 없어진 부대 건물들을 싹 밀어버리고서 지금은 대부분의 땅을 임시 공영 주차장으로 활용하는 중이었다.

그러다 가끔 행사가 열리면 그중 일부 땅을 개방해 빌려주고는 했다.

해서 이 땅은 춘천의 각종 축제나 행사에 많이 이용되었다.

협회도 이번에 이 땅을 빌려 총연합회를 열었다.

김두찬이 주차장에 차를 대고 정미연과 함께 가로등 아래 시끌벅적한 공터로 걸음을 옮겼다.

거기엔 대충 봐도 백여 명은 족히 될 법한 인원들이 모여 있었다. 그들은 스무 개의 바비큐 그릴에서 고기를 직접 구워 식탁으로 가져와 술과 함께 즐기는 중이었다.

그러는 와중 자체적으로 지형이 살짝 올라가 낮은 언덕이 형성된 곳에서는 협회장 임청이가 올라가 개회 인사를 읊고 있었다.

임청이의 양옆으로는 다섯의 이사들이 서서 자신의 차례를 기다렸다.

사람들은 협회장의 개회사를 들으면서도 자유롭게 자기들끼리 떠들었다.

얼핏 보기엔 난잡한 광경이었다.

"여기 되게 특이하네."

정미연이 주변을 둘러보며 말했다.

"그러게."

"우리는 어디에 앉아?"

그때 누군가가 김두찬을 알아보고서 냉큼 달려왔다.

아이 프로덕션 김태영 사장이었다.

"김 작가님! 오셨어요?"

"네, 김 사장님. 오래간만입니다."

"그렇게나 말입니다. 하하! 미연 씨도 함께 오셨네요."

"반가워요, 김 사장님. 아빠가 만날 때마다 당끼 자랑을 꼭 하시더라고요. 축하드려요."

"다 우리 김 작가님 덕분이죠. 그나저나 두 분이서 연애하신다는 걸 기사에서 접해보고 깜짝 놀랐습니다. 이렇게 직접 보니까 선남선녀가 따로 없네요. 하하. 아, 일단 앉아서 말씀 나누시죠. 제가 있던 테이블에 자리가 좀 많이 남습니다. 가시죠."

김태영이 두 사람을 자신이 앉아 있던 테이블로 인도했다.

그곳에는 김태영처럼 젊은 제작자와 감독들이 함께 앉아 있었다.

다들 김두찬을 초대하는 것에 찬성했던 이들이었다.

사실 김태영만 김두찬이 초청된 사실을 그의 전화를 받고 서야 알았다.

내 친구 당끼로 너무 바빠 동료들과 교류가 뜸했던 탓이다.

"여러분, 김 작가님 오셨습니다."

김태영이 김두찬과 정미연을 이끌고 와 사람들에게 소개했다.

그에 사람들은 스스로의 귀를 의심하며 부러질 것처럼 고개를 거세게 돌렸다.

그러자 그들의 시선에 훤칠한 키와 압도적인 미모를 자랑하는 김두찬의 모습이 들어왔다.

아울러 그의 옆에 서 있는 완벽한 몸매의 미인도 보였다.

두 사람을 눈동자에 담은 사람들의 사고가 일시적으로 정지했다.

현실감이 사라지게 만드는 둘의 비주얼에 충격을 받은 것이다.

"기, 김두찬 작가님?"

그중 가장 빨리 정신을 차린 한 명이 김두찬에게 다가오며 물었다.

"네, 안녕하세요. 김두찬이라고 합니다."

"정미연이에요. 처음 뵙겠어요."

두 사람의 인사에 누군가 비명을 질렀다.

"억! 김두찬 작가님! 오신다는 얘기 못 들었는데?"

그 바람에 모든 이의 이목이 김두찬과 정미연에게 집중되었다.

이제 막 개회사를 끝낸 임청이의 시선도 자연스레 그들에게 향했다.

"반갑습니다, 김 작가님. 뵙게 되어 영광입니다."

"정성훈이라고 합니다. 훈 프로덕션 대표이사입니다."

젊은 제작자들이 앞다투어 김두찬에게 인사를 건넸다.

제작자들의 입장에서는 내 친구 당끼를 대히트시킨 김두찬이 아주 소중한 인물이었다.

애니메이션이 잘되기 위해서는 퀄리티와 캐릭터도 중요하지만 1차 콘텐츠인 시나리오가 가장 중요한 요소였다.

그러니 제작자들의 눈에 김두찬이 보물로 보이는 건 당연했다.

그를 초대자 명단에 직접 넣은 임청이 역시 마찬가지였다.

임청이가 내렸던 마이크를 다시 들고 말했다.

"여러분, 인사들 하세요. 제가 여러분 몰래 초대장을 보낸 내 친구 당끼의 시나리오 작가, 김두찬 작가님께서 회장을 찾아주셨습니다.”

사람들과 인사를 나누던 김두찬이 임청이를 바라봤다.

그는 나이에 비해 훨씬 건강하게 정정해 보였다.

깔끔하게 빗어 넘긴 머리에는 서리가 내렸지만 숱이 많았다.

그리 작지 않은 키에 허리는 꼿꼿했고 마른 체구였으나 기골이 다부졌다.

임청이는 흐뭇한 미소로 김두찬을 반겼다.

김두찬은 처음으로 대면한 임청이의 인상이 싫지 않았다.

두 사람은 서로를 바라보는 시선 속에 호감이 담겨 있음을 충분히 인지할 수 있었다.

김두찬이 임청이에게 살짝 고개를 숙여 인사를 건넸다.

임청이가 더욱 짙은 미소를 머금으며 고개를 끄덕였다.

그때였다.

“김두찬? 그 작자가 왜 여기에 왔지?”

힘이 잔뜩 담긴 음성이 회장을 쩌렁쩌렁 울렸다.

그리고 사람들 틈에서 강퍅하게 생긴 인상의 중년인이 걸어 나왔다.

이 광경을 멀리서 지켜보고 있던 심호철이 고개를 절레절레 저었다.

‘결국 이렇게 되는군.’

심호철이 우려하던 상황이 벌어졌다.

이것 때문에 그가 김두찬에게 전화해서 오지 말라고 했던 것이었다.

중년인은 김두찬의 지척까지 다가왔다.

그러자 둘 사이에 묘한 전운이 감돌았다.

"여긴 자네가 있을 곳이 아니라고 보는데."

"누구십니까?"

김두찬이 중년인에게 물었다.

그러자 그가 정장의 매무새를 정리하며 힘주어 말했다.

"나 문지심이다. 설마 모른다고 하지는 않겠지."

문지심이라고 하면 문단의 모든 사람들이 알 만큼 유명한 인물이다.

게다가 김두찬과는 뗄레야 뗄 수 없는 악연으로 맺어진 사람이었다.

일면식은 없지만 문지심에겐 김두찬이 철천지원수나 다름 없었다.

과연 문지심의 이름을 듣고 난 김두찬의 얼굴이 심각해졌다.

'모를 리가 없지.'

그 모습에 문지심이 성이 난 와중에도 픽 웃음을 흘렸다.

사람들은 이게 무슨 상황인가 싶어 김두찬과 문지심을 번

갈아 보며 눈만 굴렸다.

한참 동안 심각해하던 김두찬이 고개를 절레절레 내젓고는 겨우 입을 열었다.

"저… 아무리 생각해 봐도 모르겠는데, 누구십니까?"

"뭐야?!"

문지심이 저도 모르게 소리를 버럭 질렀다.

'지금 저놈이 날 놀리는 건가?'

이해할 수가 없었다.

어떻게 김두찬이 자신을 모른단 말인가?

문지심의 구겨진 미간에 골이 더 깊게 파였다.

"지금 너랑 장난할 기분이 아니다."

그 말을 김두찬이 바로 받아쳤다.

"장난은 어르신께서 하고 있는 것 같은데요."

"뭐?"

"달랑 이름만 알려주시고서 날 모르냐고 하면 제가 어찌 알겠습니까? 그런 논리라면 제가 세상에 있는 모든 사람들을 이름만 듣고 다 알아야 하지 않겠습니까?"

"진심으로 나를 모른다는 거야?"

"모릅니다."

"네가 문단에 발을 들여놓고서 어찌 그리 말할 수 있어!"

김두찬이 어깨를 으쓱였다.

"저는 문단에 발을 들여놓은 적이 없습니다. 그저 제가 쓰고 싶은 글을 썼을 뿐입니다. 하지만 제법 위신 있는 단편 문학상에서 상을 받고 나니 제가 원치도 않았건만 문단에 얼쩡거리려는 인간이 되어 있더군요. 장르 글이나 쓰던 치가 왜 우리 쪽 울타리를 넘보느냐는 식이었습니다. 분명히 말씀드리지만 전 쓰고 싶었던 글을 자유롭게 집필했을 뿐, 그게 전부입니다. 때문에 문단 쪽에 전혀 관심을 두지 않았습니다. 그러니 그 바닥에서 아무리 유명하신 분이 오셔서 이름을 말한다 해도 저는 알 도리가 없습니다."

사실 정상 단편 문학상에서 심사 위원들의 프로필을 줄줄 꿰고 있던 김두찬의 모습을 기억한다면 이 발언은 어폐가 있었다.

그러나 거짓은 아니었다.

김두찬은 당시의 상황을 위해 심사 위원들에 한해서만 깊이 파고들어 자료 조사를 했었기 때문이다.

"다시 한번 어르신께 묻겠습니다. 대체 누구십니까?"

김두찬은 유수처럼 막힘없이 말을 했다.

그에 그의 말을 듣고 있던 이들 중 그를 지지하는 사람들은 일제히 고개를 끄덕였다.

김두찬의 얘기가 토씨 하나 틀리는 것 없이 옳았기 때문이다.

한데 재미있는 건, 김두찬을 배척하려는 중년 감독들도 저도 모르게 수긍하고 있었다는 것이다.

그것은 김두찬이 얻은 언변의 힘이었다.

중년 감독들은 김두찬의 말이 끝난 뒤에야 퍼뜩 정신을 차렸다.

하마터면 김두찬의 유려한 말솜씨에 홀릴 뻔했다는 걸 뒤늦게 인지했다.

그러나 전혀 동요하지 않는 인물이 있었으니, 김두찬과 대치하고 선 문지심이었다.

그가 으르렁거리며 말했다.

"천둥벌거숭이인 줄은 예전부터 알았지만 이 정도로 막돼먹은 물건인줄은 몰랐군."

"누구시냐고 물었습니다만. 밝히실 의향이 없으시면 더 이상 말을 섞을 이유가 없을 듯합니다."

김두찬이 문지심에게서 시선을 돌리려 할 때, 그가 일갈했다.

"문정욱!"

"……?"

문정욱.

그 이름은 김두찬도 익히 알고 있었다.

문단 쪽에서 젊은 천재 문학가로 불리던 인물이었다.

한데 김두찬을 이유 없이 비난하다가 정상 문학 단편상의 시상식장에서 제대로 망신을 당했다.

그 사건으로 인해 문정욱은 문단에서 강제 퇴출당했다.

이후로는 이렇다 할 활동 없이 죽어 지내는 중이었다.

김두찬도 문정욱에 대한 소식을 더는 듣지 못했었다.

그런데 그의 이름이 처음 보는 중년인에게서 튀어나왔다.

그제야 김두찬은 문지심의 정체를 짐작할 수 있었다.

"혹시 문정욱의……?"

"아비 되는 사람이다."

"그렇군요. 몰라뵀습니다."

"정말 몰라본 건지 날 농락하려고 능청을 떤 건지는 알 수가 없는 일이지. 주변 사람을 교묘하게 홀려서 네 편으로 만들어 짓밟고자 하는 이를 잔인하게 난도질하는 네 교활함은 익히 들어 알고 있으니!"

"전 그런 일을 저지른 적이 없습니다만."

"내 아들을 그리 만들었고, 이항두 교수를 그리 만들었잖나!"

이항두는 얼마 전까지 가장 인기 있는 요리 평론가이자 권위 있는 대학의 교수였다.

하지만 언젠가부터 사리사욕을 채우면서 평론을 하고 있었다는 게 김두찬으로 인해 밝혀졌다.

그 이후로 이항두의 이름은 똥값이 되었고 교수직 역시 내려놓아야 했다.

지금은 무엇을 하고 살아가는지 알 수가 없었다.

그런데 그 이항두 교수가 문지심과 나름 연이 있는 사람이었다.

"처음 내 아들이 너한테 당했을 때만 해도, 큰 잘못은 아들 놈에게 있다 생각했었지. 그렇다고는 하지만 사람을 재기불능으로까지 만들어 버린 너한테 분노가 치밀어 올랐어! 그래도 참았지. 하지만 이항두 교수가 모든 것을 잃었을 때, 그를 만나 얘기를 해보고 나서는 무작정 내 아들만 탓할 일은 아니라고 판단을 했다."

"이항두 씨가 나로 인해 상황이 어려워진 것은 인정합니다. 하지만 그가 바르고 정당하게 평론을 해왔다면 제가 아무리 공격을 했다고 한들 그렇게까지 무너지는 일은 없었을 겁니다. 원초적인 잘못은 이항두 씨한테 있었고 저는 그것을 세상에 드러나도록 알린 것뿐입니다."

"끝까지 그런 식이군."

"이항두 씨에게 무슨 말을 들었는지는 모르겠으나 전 거짓을 말하는 게 아닙니다."

결국 김두찬의 언성도 조금 올라갔다.

상황이 이렇게 번지자 총회를 취재하기 위해 왔던 기자들

다섯 명이 열심히 이 장면을 카메라에 담았다.

총회 관계자들이 이를 만류했지만 기자들은 녹화를 멈추지 않았다.

한편 한 발 떨어져서 이 광경을 지켜보고 있던 심호철은 속으로 한숨을 내쉬었다.

'이렇게 될 줄 알았지.'

심호철은 김두찬을 마땅찮아 하는 중년 제작자 중 한 명이었다.

하지만 거기까지였다.

협회장 임청이가 초대한 인물을 굳이 와라 마라 할 생각은 없었다.

그럼에도 김두찬에게 전화를 걸어 총회에 나오지 말라 경고했던 건, 초대자 명단에 문지심의 이름이 있던 걸 기억했기 때문이었다.

문지심이 문정욱의 아버지이고, 문정욱과 김두찬 사이에 어떠한 일이 있었는지 그는 잘 알고 있었다.

가문의 수치가 될 수도 있을 만한 일을 문지심이 떠들고 다닌 건 아니었다.

기사들을 통해 접한 것이다.

때문에 두 사람이 만나면 크게 불똥이 튈 거라고 예상했다.

그 예상은 보란 듯이 들어맞았다.

'그렇다고 문지심 저 양반한테 오지 말라 할 수는 없는 노릇이니.'

그나마 어린 김두찬을 말리는 것이 그가 할 수 있는 최선이었다.

문지심은 문단 쪽 사람이며 애니메이션 쪽과는 크게 연결고리가 없었다.

다만 발이 상당히 넓었다.

문지심의 인맥은 문단에서부터 예술, 방송가, 애니메이션 등 여러 분야에 뻗어 있었고 정재계에도 입김이 닿았다.

문지심이 총회의 인물 중 깊은 친분을 맺고 있는 이는 다름 아닌 임청이와 어깨를 나란히 하는 원로 장남길이었다.

그는 장남길과의 친분만으로 항상 협회에 커다란 돈을 기부해 왔다.

오늘의 파티 자리도 문지심의 기부금으로 벌어지는 것이었다.

그러니 문지심은 애니메이션 관계자가 아니라 하더라도 총회에 참가할 자격이 충분했다.

그런데 문지심의 입지가 상당한 총회에 김두찬이 발을 들였다.

둘이 붙어버리면 총회의 분위기가 개판이 될 건 불 보듯 뻔

한 일이었다.

심호철은 전화 통화상으로는 김두찬을 위해주는 것처럼 애기했다.

와봤자 좋은 일 없을 것이니 몸을 사리라고 했다.

말투 자체가 거칠고 안하무인격이긴 했으나 내용의 본질은 그러했었다.

물론 그를 위하는 마음도 조금은 있었다.

하지만 심호철에게 더 중요한 건 총회가 즐겁게 마무리되는 것이었다.

그러나 우려했던 사태는 벌어졌고, 분위기는 급격하게 안 좋아지고 있었다.

심호철뿐만 아니라 총회의 만든 이들이 김두찬과 문정욱의 사건을 아는 상황이었다.

그 때문에 중년 제작자들이 더더욱 김두찬이 오는 걸 꺼려한 것도 없잖아 있었다.

물론 기본적인 마인드 자체는 아직 총회에 올 만한 짬이 아니다, 라는 것이 더 컸지만.

반면 신진 세력들은 그건 그거고, 김두찬은 자신들이 꼭 잡아야 할 인재라고 생각했다.

문지심이라는 사람과의 인정 때문에 대어를 놓칠 수야 없었다.

해서 김두찬의 등장이 반가웠는데 분위기가 이상하게 흐르니 목이 타들어갔다.

이런 대치 상황이 김두찬에게는 썩 유쾌하지 않을 터였다.

초대받아 왔는데 호통을 얻어맞았으니 말이다.

거기에 기분이 상한 김두찬이 그냥 가버리기라도 한다면 큰일이었다.

하나 김두찬은 물러설 생각이 조금도 없었다.

"아무튼 지금 이런 좋은 자리에서 사적인 감정을 앞세워 면박을 주려 하는 건 사리에 맞지 않는 것 같습니다."

김두찬이 문지심의 행동을 비판했다.

문지심은 그에 콧방귀를 뀌었다.

"흥. 사리라는 말이 네 입에서 나오니 퍽 웃기는구나. 세상이 참 아이러니한 거야. 공생 따위 개나 쥐버리고 오로지 자기의 호의호식만 꾀하는 너 같은 인간도 잘 살아가고 있으니 천벌이라는 건 애초에 없는 것일지도 모르지."

"왜 그렇게 속이 꼬이신 겁니까? 단지 문정욱과의 사건 때문이라면……."

"어느 날 텔레비전을 틀었는데 애니메이션이 나오더군. 일요일 아침이었을 거야. 딱히 애니메이션에 큰 관심이 있는 건 아니지만 무심코 보다 보니 20분이 훌쩍 지나가 있었지. 내용은 유치했지만 퀄리티가 아주 좋았어. 어느 회사에서 이걸 만들었나 싶어 엔딩 크레딧을 보는데 김두찬이라는 이름 석 자가 시나리오 작가라는 타이틀로 떠오르더라고. 기분이 아주 엉망이 됐지."

문지심은 김두찬의 말을 자르며 빠르게 입을 놀렸다.

"자기 잇속만 챙기는 인간이라 하더라도 세간에 이미지 메이킹만 잘되면 어떻게든 잘 먹고 잘살게 되는 현실이 참 별로라는 생각이 들었어. 그래서 생각했다. 나는 네가 어떤 인간인지 잘 알고 있으니 진실을 알려야겠다. 모든 사람들이 보는 앞에서 널 고발해야겠다. 그런 생각으로 네가 총회에 나오기를 바랐지."

그 말을 듣고서 놀란 건 김두찬이 아닌 임청이였다.

그가 부릅뜬 눈을 장남길에게 돌렸다.

임청이의 바로 옆에 서 있던 장남길이 매서운 기운에 놀라 물었다.

"왜 그리 쳐다보나?"

"자네, 혹시 문지심의 사주를 받고 내 옆구리를 찌른 것인가? 김두찬 작가를 총회에 부르자고 한 게 다 그런 속셈에서였어?"

임청이는 이미 확신을 하고서 묻는 것이었다.

장남길은 빙그레 웃으며 고개를 끄덕였다.

"그래. 문지심이 부탁을 해왔네. 알다시피 그가 우리 총회에 쏟아부은 돈만 얼마인가? 그러니 거절할 수가 없었지."

"아무리 그렇다고 해도 이건 아니지 않은가?"

"무엇이 아니라는 건지 모르겠군. 난 문지심의 부탁을 받은 것보다 김두찬이 정말 이 바닥에 도움이 될 인재라는 판단으로 초대장을 보내길 청한 것인데."

"아니야. 자네는 알고 있었어."

"좋을 대로 생각하게. 그건 그렇고 난 내 벗의 억울한 사정이나 더 자세히 들어보러 가야겠네."

장남길이 문지심의 곁으로 걸음을 옮겼다.

그때쯤 상황은 김두찬을 옹호하는 편과 배척하는 편으로 나뉘어 있었다.

신진 세력은 김두찬의 곁에 섰고, 나머지들은 문지심의 곁에 섰다.

화합을 이루어야 할 총회의 자리가 두 패로 나뉘어 대립하는 것을 본 임청이는 머리가 지끈거려 왔다.

한데 그 상황에서 문지심의 편에 선 장남길로 인해 신진 세력의 제작자와 감독들은 혼란에 빠졌다.

그는 김두찬을 배척하던 다른 감독들과는 달리 자신들에게 힘을 실어주었던 이였다.

그런데 이 상황에서 왜 문지심의 편에 서는 건지 이해할 수가 없었다.

하지만 거기에 대해서 누구 하나 말을 할 수가 없었다.

김두찬과 문지심이 너무 크게 부딪히고 있었기 때문이다.

문지심은 날 선 말로 김두찬을 계속 공격하는 중이었다.

그러면서 가끔은 좌중을 둘러보며 자신의 편이 되어주기를 호소했다.

"내가 단지 아들놈 일 때문에 김두찬을 배척하려는 건 아닙니다. 내 친구 당끼가 잘됐다는 건 인정하지만, 그것은 스토리의 힘이 아닌 아이 프로덕션 제작자들의 힘과, 투자를 해준 플레이 인의 협업으로 이루어진 위대한 결과물입니다. 거기에 김두찬 작가는 숟가락만 얹었습니다. 비단 제가 당끼 하나만을 두고 하는 말은 아닙니다. 그가 집필해 온 모든 글들을 저는 읽어봤습니다. 하지만 사람들의 극찬처럼 대단한 글은 아니었습니다. 오락과 유희의 성향이 강한 인스턴트식의 글이었지요. 그럼에도 다들 대체 왜 그렇게 김두찬에게 열광하는 걸까요? 그게 바로 미디어의 힘입니다. 그는 미디어가 만들어낸 무서운 괴물입니다. 이제는 김두찬 작가의 거품이 빠질 때가 됐습니다. 그 시작점은 바로 이 총회 자리가 될 겁니다."

문지심이 말미에 검지로 바닥을 가리켰다.

그러자 몇몇 중년 감독들이 그의 말을 뒷받침하며 목소리를 높였다.

그들이 문지심의 편을 드는 데는 복합적인 이유가 있었다.

첫째로 편협한 생각과 굳어버린 사고 때문이었다.

능력이 대단하다고 하나 아직 한 작품밖에 집필하지 않은 신인이, 그것도 제작자가 아닌 시나리오 작가가 여러 과정을 건너뛰고 총회에 초대받는다는 것은 규칙을 어기는 것이라 마음에 들지 않았다.

둘째로 문지심과의 친분 때문이었다.

그동안 총회를 위해 나름 힘써온 사람이니 이런 상황에서 당연히 그의 편을 들어주는 것이 옳았다.

셋째로 신진 세력들과의 파워게임에서 지지 않기 위함이었다.

언젠가부터 애니메이션 총회는 신진과 기존 세력으로 나뉘기 시작했다.

이런 분열의 이유는 가치관의 차이에서부터 시작됐다.

지금 상황만 봐도 두 집단의 가치관이 얼마나 다른지 충분히 알 수 있었다.

그렇다 보니 일을 진행함에 있어 두 세력이 부딪히는 경우가 왕왕 있었다.

기존 세력들은 신진 세력들이 자신들의 말을 듣지 않아 감정이 상했고, 신진 세력들은 답답한 그들의 사고방식이 싫었다.

때문에 알게 모르게 대치하고 있던 상황이었는데 오늘 그

불씨에 불이 붙은 것이다.

그렇게 김두찬과 문지심, 두 사람의 싸움은 거대한 두 세력의 싸움으로 불어났다.

문지심 측 감독들이 김두찬을 욕하니, 김두찬 측 제작자들이 바로 김두찬을 옹호하며 고성이 오갔다.

그러던 와중 문지심이 손을 들어 올려 두 패의 말싸움을 제지했다.

그는 김두찬에게 조금 더 다가가 눈을 똑바로 노려보며 못을 박았다.

"어쩌다 운이 좋아 소설은 날개를 달고 할리우드까지 간 모양이다만, 애니메이션은 턱도 없다. 인맥과 덩치 불린 거품으로 한국에서는 어찌어찌 먹혔겠지. 이런 쓰레기는 해외에서 거들떠도 보지 않을 거다."

문지심의 독설은 김두찬의 심기를 제대로 건드렸다.

그런데 그보다 더 눈이 돌아간 사람이 있었으니, 바로 정미연이었다.

그녀는 사람들의 관심이 김두찬에게만 집중되어 있을 때 어딘가로 전화를 걸었다.

긴 신호음 끝에 상대방이 전화를 받자 정미연의 입에서 유창한 영어가 쏟아져 나왔다.

"안녕하세요, 샘 감독님. 제 목소리 기억하시죠? 네, 미연이에요. 두찬 씨 통해 소식 들었어요. 레이 감독이 아리랑을 무척 마음에 들어 했다고요. 부탁할 게 하나 있는데요. 실례되지 않는다면 그 소식 지금 바로 SNS에 올려주시겠어요? 아, 별 건 아니고… 밟아줘야 할 쓰레기들이 있어서요."

정미연의 입가에 오한이 들 만큼 서늘한 미소가 어렸다.

*　　　*　　　*

돌아가는 상황을 지켜보던 심호철이 혀를 찼다.

'결국 이렇게 될 줄 알았지.'

하필이면 그가 가장 우려하던 상황이 벌어졌다.

대화합의 장이 되어야 할 총회가 두 패로 나뉘어 세력 다툼을 하게 된 것이다.

'하아… 미치겠군.'

심호철은 그 어느 쪽 세력에도 속하지 않은 채, 어정쩡한 포지션을 고수했다.

그는 엄밀히 따지자면 중년 세력들과 친분이 더 두터웠으나 신진 세력들의 입장 역시 이해는 했다.

그래서 늘 두 세력이 손을 잡고 화합했으면 하는 바람이 있었다.

한데 김두찬이라는 이름이 언급되면서부터 두 세력이 삐걱

거렸다.

심호철은 그걸 몰랐다가 초대자 명단에 적힌 김두찬이라는 이름을 보고 사태가 가볍지 않음을 알았다.

게다가 김두찬은 문지심과도 대단한 악연이었다.

잘나가던 그의 아들 문정욱을 재기 불능 폐인으로 만들었으니 말이다.

이런 상황인지라 김두찬이 오게 된다면 문지심이 불화의 불씨를 당길 것이고, 그 불씨는 곧 큰 불길이 되어 세력 간의 다툼으로 번질 것이 자명했다.

그 일은 곧 현실로 벌어졌다.

세력 간의 다툼은 애초에 협회 내에서 안고 가다 보면 언젠가는 터질 문제였다.

하지만 그게 오늘은 아니었으면 했다.

아니, 오늘을 기회로 두 세력이 화합했으면 하는 기대도 있었다.

그런데 김두찬이 나타남으로써 내재된 문제들이 폭발하고 말았다.

두 세력은 김두찬을 비난하고, 옹호하며 완강히 대립했다.

문지심 역시 노기충천한 얼굴로 김두찬을 노려보면서 쉼 없이 화를 쏟아냈다.

그러나 정작 이 폭풍의 중심에 선 김두찬은 시간이 흐를수록 심드렁한 기분이 됐다.

　옳고 그름을 따지기보단 자신들의 이익에 따라 움직이는 행태가 영 못마땅했다.

　실상 그것은 협회의 문제만은 아니었다.

　어디를 가나 이런 문제는 내재되어 있었다.

　돌아가는 상황을 지켜보던 김두찬이 갑자기 입을 열었다.

　"남 보기 부끄럽네요."

　그 말에 중년 감독과 제작자들이 고리눈을 하고 김두찬을 쳐다봤다.

　"일 년에 한 번 있는 총회라고 들었는데, 기껏 사람 초대해서 보여준다는 모습이 한솥밥 먹는 사람들끼리 편 가르고 싸우는 모습이라니요."

　"이 사달이 누구 때문에 벌어졌다고 생각하나!"

　문지심이 버럭 소리를 질렀다.

　그러나 김두찬은 눈 하나 깜빡 안했다.

　"설마 저 때문이라고 말씀하시려는 겁니까? 저 하나 때문에 이토록 큰 불화가 일 정도의 집단이라면 앞날은 보지 않아도 뻔하겠습니다. 지금 협회의 격을 그 정도로 낮다고 생각하시는 겁니까?"

　김두찬의 반격에 문지심의 말문이 턱 막혔다.

설마 저 어린 녀석이 자신의 말을 그대로 인용해서 공격해 올 줄은 몰랐다.

하지만 문지심도 머리가 없는 인간은 아니었다.

그가 얼른 할 말을 찾아 내뱉었다.

"상황의 논점을 흐리고 자기한테 유리하도록 이끌어가는 교활함은 이항두 교수에게 들은 대로구나. 하지만 여기의 누구도 그따위 수작에 흔들리지 않는다. 안 그렇습니까?"

문지심 측에 선 사람들이 동시에 고개를 끄덕였다.

그때, 장남길이 문지심을 두둔하며 나섰다.

"그 말대로일세. 김두찬 작가라 했는가? 이름은 많이 들었네만 이렇게 보는 건 처음이군. 초면에 이런 말을 하는 건 조금 미안하지만 아무래도 총회장에서 나가줘야 하겠네."

장남길의 말에 김두찬의 편을 들던 이들 중 한 명이 앞으로 나섰다.

올해 31살이 된 판타지드림 프로덕션의 이사 김기현이었다.

"선생님! 대체 왜 이러세요? 선생님께서는 우리 뜻을 존중해 주셨잖습니까? 그래서 직접 김두찬 작가님을 총회에 초대하고자, 우리를 대신해서 목소리를 내주시지 않으셨습니까? 근데 왜 이제 와서는 김두찬 작가를 나가라고 하는 겁니까? 진짜 이해가 안 됩니다!"

답답함을 토로한 김기현을 장남길이 웃으며 바라봤다.

"김 이사, 나도 처음엔 김두찬이 우리 애니메이션 협회에 도움될 인재라 생각해서 초대한 것이었네. 한데 문 선생의 말을 듣고 보니 제대로 된 인격을 갖추지도 못한 사람을 단지 재능 하나만 보고서 품는 것이 맞는가 하는 생각이 들더군. 되먹지 못한 사람은 늘 가는 곳마다 분란을 일으키게 마련일세. 난 협회와 한국 애니메이션의 발전을 위해 내 판단이 잘못됐음을 시인하며, 김두찬 작가를 받아들이지 않기로 했네."

그 말은 김기현을 비롯, 모든 신진 세력들에게 적잖은 충격으로 다가왔다.

그제야 신진 세력들은 이게 어떻게 돌아가는 일인지 파악할 수 있었다.

문지심이 장남길과 상당히 친분이 있다는 건 알 만한 사람은 다 아는 사실이었다.

장남길이 김두찬을 추천해 놓고 막상 그가 와서 세력 간의 싸움이 벌어지자 문지심 편을 든다?

"선생님… 애초에 이럴 작정으로 김두찬 작가를 초대한 것이었습니까?"

질문을 건네는 김기현의 얼굴이 파르르 떨렸다.

분노와 배신감이 지독하게 그를 휘몰아쳤다.

신진 세력의 모든 이들이 김기현과 같은 감정을 느끼고 있었다.

김기현의 물음에 장남길은 고개를 갸웃거렸다.

"김 이사가 무슨 말을 하는 건지 나는 모르겠네."

"선생님!"

목청을 드높이는 김기현의 어깨를 누군가 가볍게 잡았다.

김두찬이었다.

그가 김기현을 보며 옅은 미소를 머금었다.

그에 터질 것 같던 김기현의 분노가 눈 녹듯이 사라졌다.

'어……?'

신기한 일이었다.

단지 다른 사람의 미소를, 그것도 여인이 아닌 사내의 미소를 보는 것만으로 마음이 이리도 진정이 된다니.

김기현의 기세가 수그러들자 김두찬이 그의 앞으로 나섰다.

그러고는 문지심과 장남길을 번갈아 보며 말했다.

"어떻게 돌아가는 상황인지 외부인인 저도 확연히 알겠네요."

"무얼 알겠다는 말인가?"

"이게 다 문지심 씨가 짜 놓은 판이었던 거죠."

"억측은 자제해 줬으면 하네."

장남길은 유들거리면서 김두찬의 말을 받아쳤다.

작은 행동 하나하나가 능구렁이 같은 것이 딱 봐도 보통내기는 아니었다.

"억측? 그쪽이야말로 억지 그만 부리세요."

"어허! 연배도 한참 어른인 장 선생님께 무슨 말버릇인가!"

김두찬의 공격적인 말투에 중년 감독 한 명이 소리쳤다.

장남길이 그를 웃으며 다독였다.

중년 감독은 마지못해 입을 다물었다.

"어디 계속해 보게."

장남길은 김두찬에게 느릿느릿 손을 저어 보였다.

"문지심 씨는 어르신께 제가 총회에 올 수 있도록 추천을 부탁했겠죠. 이 자리에서 저를 톡톡히 짓밟아 버리기 위해서 말입니다."

김두찬은 확신에 차 말했다.

사실 그는 조금 전 두 세력이 열심히 다투는 사이 상상 공유를 사용했었다.

그 대상은 당연히 문지심이었다.

김두찬의 의식이 타인의 의식 안으로 들어가자 일련의 인생이 펼쳐졌다.

문지심의 살아온 흔적은 한마디로 엘리트 코스라 할 수 있었다.

그는 남들에게 뒤처진 적이 없었고, 누군가에게 져본 적도 없었다.

항상 최고만을 고집했으며, 좋은 것만 하고 살았다.

그런 삶이 그에게 저도 모를 오만과 고집을 심어주었다.

그에게는 자신의 아들인 문정욱 역시 늘 1등이어야 했다.

때문에 조그마한 실수를 하더라도 불같이 혼을 냈다.

멍청하고 미련해 보이는 짓을 하는 건 용납할 수가 없었다.

엄하고 자존심이 강한 아버지 밑에서 아들은 비뚤어진 성격으로 자라났다.

스펙만 보면 훌륭하다 할 수 있겠지만, 인간으로서는 낙제점이었다.

하지만 그런 것 따위 문지심에겐 아무 상관없었다.

남들이 보기에 최고라면 그것으로 좋았다.

김두찬은 그런 문지심의 사고방식이 역하게 다가왔다.

그는 상상 공유를 통해 절로 흘러들어 오는 문지심의 일생들을 자세히 살피지 않고 흘려보냈다.

눈에 담아 봐야 구역질만 나왔다.

그리고 당장 필요한 정보만을 찾았다.

김두찬이 원하는 것은 문지심이 무슨 일을 꾸몄나 하는 것이었다.

그러다 보니 문지심의 상념이 흘러들어왔다.

'김두찬. 감히 내 가문의 명성에 똥칠을 해?'

문지심에게는 김두찬이 자신의 아들을 폐인으로 만든 것보다 문씨 가문에 지울 수 없는 주홍글씨를 남겨 버린 것이 더

약 오르는 일이었다.

그래서 호시탐탐 김두찬을 밟을 기회만 봐왔다.

하지만 좀체 그럴 타이밍을 잡을 수 없었다.

김두찬을 밟기 위해서는 그럴 만한 명분이 필요했다. 문지심에게는 그 명분이 없었던 것이다.

그러던 어느 날 기회가 왔다.

두 사람의 연결 고리가 되어줄 애니메이션에서 답을 찾아낸 것이다.

'총회로 불러서 망신을 주고 이 바닥에 발도 붙이지 못하도록 쫓아내 버린다.'

그것이 문지심의 목적이었다.

애니메이션계와 연을 끊어봤자 김두찬에게 크게 해가 될 것은 없었다.

하지만 거기서부터가 시작이라는 점이 중요했다.

처음 연결 고리를 만드는 게 어렵지, 한 번 이렇게 엮이면 그다음부터 김두찬과 일부러 엮이는 건 쉬웠다.

문지심은 어디를 가든 오늘 있었던 일을 계기로 김두찬의 이야기를 하고 다닐 테니까.

물론 그의 입에서 좋은 말이 나올리는 없었다.

때문에 김두찬이 난리를 쳐줄수록 문지심에게는 더 좋은 일이었다.

그는 더욱 선배들에게 막 대할 필요가 있었다.

기죽지 않고 끝까지 맞서 싸워주어야 했다.

그래야 김두찬에 대한 안 좋은 말들을 더 많이 할 수 있을 테니 말이다.

최대한 그를 이 무대에서 안하무인 같은 인간으로 만들기 위해 문지심은 처음부터 그의 심경을 박박 긁어댔다.

'이 바닥을 떠나는 건 시작이다. 이후로 어딜 가나 사람들은 널 배척하게 될 거다. 결국 네가 설 자리는 점점 좁아지다가 나중엔 사라지겠지.'

문지심의 인맥과 힘이라면 충분히 가능한 일이었다.

김두찬이 아무리 대단하다고 해도 결국 대한민국은 인맥이 깡패다.

윗자리를 떡하니 차지하고 있는 이들은 기존의 틀이 깨지기를 원치 않는다.

해서 너무 심하게 튄다 싶은 사람을 누군가가 찍어서 명단에 올리면, 어떻게든 그를 배제시키고 짓누르기 위해 노력한다.

문지심은 김두찬을 찍었다.

처음에는 애니메이션, 그다음엔 문단, 그다음엔 영화, 그다음엔 엔터테인먼트. 이후에는 그가 새로 둥지를 틀 수 있을 것 같은 모든 분야를 막아버리자는 것이 문지심의 계획이었다.

김두찬은 이러한 내막을 상상 공유로 전부 알아냈다.

"내가 이 자리에서 너를 짓밟기 위해 장 선생님께 초대를 부탁했다? 참 너다운 발상이구나."

"문씨 가문에 먹칠한 내가 용서되지 않았겠죠. 그래서 짓밟고는 싶은데 명분이 없고. 우연히 제가 애니메이션 시나리오 작가로 데뷔했다는 걸 알게 된 순간 머릿속에서 번개가 쳤을 겁니다. 인연이 있는 장 어르신께 날 총회에 초대하도록 부탁한 뒤, 분란을 일으켜 쫓아낼 생각이었죠. 그것을 시작으로 내 이야기를 안 좋게 하면서 모든 인맥을 총동원해 각종 분야에서 하나하나 내 자리를 빼앗아 종래에는 제가 설 곳을 전무하게 만들어 버리는 것. 그게 당신의 생각 아닙니까?"

김두찬의 말을 다 듣고 난 문지심의 얼굴이 딱딱하게 굳었다.

'뭐야… 저놈.'

문지심은 순간 가슴이 서늘해짐을 느꼈다.

김두찬은 마치 자신의 머릿속에 들어갔다 나온 것처럼 정확하게 그의 계획을 얘기했다.

아니, 그건 스스로 유추해서 우연히 들어맞았다고 할 수도 있었다.

한데 말도 안 되는 건, 그가 아들을 망쳐놓은 것보다 가문에 먹칠을 한 것에 더 분노하고 있다는 사실을 짚어낸 것이다.

대외적으로 보이는 이미지를 중요시하는 문지심은 누구에게도 이런 내심을 드러내지 않았다.

타인의 눈에 그는 가정에 충실하고 아들을 아끼는 인자한 아비였으니까.

그런데 김두찬은 문지심의 본질을 파악했다.

문지심은 허허벌판에서 발가벗겨진 느낌이 들었다.

그가 김두찬에게 뭐라 대꾸도 못하고 입술만 달싹였다.

그런 문지심의 모습에 좌중의 사람들이 술렁였다.

바로 반박하지 못한다는 것은 곧 김두찬의 말이 사실이라는 증거였다.

그때 굳어버린 문지심을 대신해 장남길이 나섰다.

"허허, 누가 글쟁이 아니랄까 봐 그 자리에서 그럴듯한 소설 한 편을 써내 버리는군. 하지만 뭐든 적당히 해야 하는 게야. 문 선생의 독설이 자네에겐 뼈아프긴 했겠지. 하나 나 역시 자네라는 사람이 본신의 실력에 비해 너무 거품이 심하다는 생각을 하고 있다네. 한국은 냄비처럼 쉽게 달아오르는 경우가 많은 나라야. 자네의 작품을 전부 읽어본 건 아니지만 몇몇 작품은 읽어봤지."

"……."

"확실히 신선한 맛은 있었으나 그게 전부였네. 하지만 자네의 소속사와 출판사에서 언론을 뒤흔들었지. 미디어가 김두찬이라는 이름을 계속해서 광고해 주는 데다가 작가치고는 상당한 미남이라는 사실이 불을 지펴 뻥튀기가 된 거지. 사실 한국이라는 나라가 아니었다면 이렇게까지 자네가 크지도 못했을 게야. 운이 좋아 자네의 소설 하나가 할리우드에서 제작이 된다고 하는 것 같긴 하다만… 거기까지겠지."

문지심이 장남길의 얘기를 들으며 동의한다는 듯 고개를 주억거렸다.

"자네의 글은, 특히 애니메이션은 한국 밖에서 먹히기 힘들어. 그게 사실이고 문 선생은 이를 짚어준 것일세. 그런데 그리 독을 세우고 달려들어서야… 자네의 가능성만 믿고 초대장을 보내자 부탁했던 내 안목이 다 부끄러워지는군."

장남길이 고개를 절레절레 저으며 말을 마무리 지었다.

"김두찬 작가, 명심하게. 어떤 일이든 선을 넘어서는 안 되는 법일세."

그때 싸움이 벌어지는 내내 스마트폰만 바라보던 정미연이 김두찬에게 다가와 귓속말을 전했다.

이에 김두찬의 입꼬리가 섬뜩하게 말려 올라갔다.

"누가 선을 넘은 건지 제대로 알려 드리죠."

*   *   *

새벽까지 적의 시나리오를 읽으며 이미지를 구상하던 샘 레넌은 동이 틀 무렵에서야 침대에 누웠다.

몸은 피곤했지만 마음은 즐거웠다.

재미있는 시나리오는 늘 그의 가슴을 두근거리게 만들었다.

피로만 없었어도 잠자는 시간까지 아껴 시나리오를 더 분석했을 것이다.

하지만 그러기에는 벌써 이틀 밤을 샌 와중이었다.

오늘 하루는 푹 자야 몸이 버틸 수 있었다.

샘이 눈을 감자마자 빠르게 수마가 몰려왔다.

그런데 그때.

지이이이이이잉―

스마트폰에서 진동이 왔다.

"음… 꺼놓는다는 걸."

수면을 방해당하는 건 썩 유쾌한 일이 아니다.

샘은 숙면이 필요할 때면 늘 스마트폰을 꺼놓고 잔다.

그런데 이번에는 깜빡했다.

그렇다고 해도 이렇게 이른 시간부터 전화를 해댈 사람이 그의 주변에는 많지 않았다.

샘이 졸린 눈을 비비고서 액정을 살폈다.

액정엔 이상한 번호가 찍혀 있었다.

해외에서 걸려온 전화 같았다.

'김두찬 작가인가?'

샘이 얼른 전화를 받았다.

"샘입니다."

그러자 스마트폰 너머에서 낯선 듯 익숙한 음성이 들려왔다.

―안녕하세요, 감독님. 제 목소리 기억하시죠?

"정미연 씨?"

―네, 미연이에요. 두찬 씨 통해 소식 들었어요. 레이 감독이 아리랑을 무척 마음에 들어 했다고요.

상대방이 누구인지 확인하자마자 샘의 짜증은 전부 사라졌다.

그리고 반가움이 그 자리를 대신했다.

한데 정미연의 목소리가 상당히 급해 보였다.

뭔가 일이 터졌음을 샘은 직감했다.

"제대로 된 안부를 물을 여유도 없을 만큼 급한 일이 있는 것 같군요. 레이 감독이 아리랑을 마음에 들어 한 건 맞아요. 계약은 초읽기죠."

―부탁할 게 하나 있는데요. 실례되지 않는다면 그 소식 지금 바로 SNS에 올려주시겠어요?

"역시 무슨 일이 있군요. 제가 알 수 있을까요?"

─아, 별건 아니고… 밟아줘야 할 쓰레기들이 있어서요.

샘은 한국에서 김두찬과 함께한 며칠 동안 그가 어떤 사람인지 충분히 파악했다.

김두찬은 악한 이가 아니었다.

누군가를 도와줬으면 도와줬지, 해를 끼칠 이 또한 아니었다.

정미연 역시 기가 세 보이긴 했지만 정의롭다는 인상이 강했다.

그런 그녀가 김두찬의 작품이 다즈니와 계약했다는 팩트로 어떤 이를 밟으려 한다면, 그리고 그를 쓰레기라고 표현했다면 필히 그만한 이유가 있을 것이라고 샘은 판단했다.

"그러니까 내가 SNS에 다즈니의 수장이 김 작가님의 아리랑을 매우 마음에 들어 했다는 사실을 올려주면 된다 이건가요?"

─네. 가능하시겠어요?

정미연의 부탁에 샘이 씩 웃었다.

"미안하지만 난 이틀 동안 밤을 샜다가 지금 막 자려던 참이라 머리가 맑지 못해요. 이런 상태에서는 한 글자도 제대로 적을 수 없어요."

─아, 그렇군요. 알겠어요.

정미연은 샘의 거절에 어떠한 아쉬움이나 실망감도 표하지 않았다.

그가 그렇게 나온다면 어쩔 수 없다는 투였다.

샘은 그런 정미연의 쿨함이 마음에 들었다.

그냥 장난을 친 것뿐이지만 상황이 급박하면 충분히 짜증을 낼 수도 있었다.

그러나 정미연은 있는 그대로를 받아들였다.

어찌 되었든 여기서 중요한 건 샘의 말은 그저 농담에 지나지 않는다는 것이다.

"미연 씨, 끊지 말아요."

—네?

"나는 졸려서 한 글자도 적을 수 없지만 늘 이 시간에 눈을 뜨는 친구라면 가능하겠죠."

—그게 누구죠?

"레이 스미스."

샘이 나른한 음성으로 누군가의 이름을 말하고는 전화를 끊었다.

그는 바로 레이 스미스에게 전화를 걸어 정미연의 사정을 얘기했다.

그러자 레이 스미스는 불같이 화를 냈다.

—이런 개 같은! 고작 그따위 일로 나한테 부탁을 해?!

"이러는 동안에도 당신의 소중한 시나리오 작가는 어떤 수

모를 당하고 있을지 모른다고. 똑딱똑딱. 시간이 흘러가는데?"

─번거로워 죽겠군!

이 번거로움의 원인이 어디 있는가? 김두찬 작가? 아니다. 김두찬 작가를 괴롭힘으로써 자신이 번거로워지게 만든 놈들이다.

그것이 레이의 사고방식이었다.

─끊어!

레이가 소리를 버럭 지르고서 전화를 끊었다.

샘은 내려오는 눈꺼풀을 겨우 버티며 레이의 SNS를 계속 새로 고침했다.

그렇게 10분 정도가 지나자 새로운 글이 하나 올라왔다.

─The Korean writer Kim Doo─chan's scenario, Arirang, is awesome. I thought it was fucking fantastic! It was amazing! And Dasney Studios will not miss him. There is a contract in my hand and he has to sign(한국 작가 김두찬의 시나리오 아리랑은 끝내준다. 그것은 정말 최고로 환상적이다! 놀랍다! 그리고 다즈니 스튜디오는 그를 놓치지 않을 것이다. 내 손엔 계약서가 있고 그는 사인을 해야 한다).

레이의 거친 문장을 확인한 샘이 미소 지으며 눈을 감았다.
비로소 숙면을 취할 수 있을 것 같았다.

*   *   *

정미연은 김두찬과 문지심을 둘러싼 양쪽 패거리가 싸우는
동안 계속 레이 스미스의 SNS를 살폈다.

그러다 새 글이 올라온 걸 보고 김두찬에게 다가가 귓속말
을 했다.

"나 두찬 씨 몰래 예쁜 짓 하나 했는데. 다즈니 스튜디오의
레이 스미스가 아리랑을 극찬했어. 그 사람 SNS에 글을 올렸
더라고. 당신이랑 꼭 계약할 거라는 내용도 적었더라."

그 말에 김두찬의 얼굴에 미소가 피어났다.

그가 정미연을 바라봤다.

세상 어디를 찾아봐도 이런 멋진 여인은 만나지 못할 게 분
명했다.

정미연은 눈을 가늘게 뜨고서 고갯짓으로 장남길을 가리켰
다.

김두찬의 시선이 장남길에게 향했다. 그리고 힘 있는 목소
리로 말했다.

"누가 선을 넘은 건지 제대로 알려 드리죠."

그 발언은 문지심과 장남길의 화를 제대로 돋웠다.

양측 간의 분위기가 점점 더 살벌해지자 기자들은 더욱 취재의 열을 올렸다.

문지심은 돌아가는 상황이 마음에 들었다.

이번 일은 무조건 사이즈가 커져야 했다.

그럴수록 김두찬을 더 확실히 잡을 수 있었다.

그런데 김두찬 역시 그것을 바라 마지않는 바였다.

그가 기자들 중 한 명을 지목하며 물었다.

"기자님 존함이 어찌 되십니까?"

김두찬에게 지목 당한 여기자는 얼굴이 발그레해졌다.

그저 이름만 물어봤을 뿐인데 가슴이 두근거려 진정되지 않을 지경이었다.

그녀는 겨우 입을 열어 대답했다.

"유, 윤설희예요."

"윤설희 기자님. 다즈니 스튜디오를 알고 계시나요?"

"그걸… 모르는 사람들이 있을까요?"

"그럼 다즈니 스튜디오의 대표가 누구인지도 알고 계시겠군요."

윤설희가 고개를 끄덕이며 대답했다.

"레이 스미스죠."

"그렇습니다."

김두찬이 좌중을 둘러보며 말했다.

"다들 다즈니 스튜디오와 레이 스미스에 대해서 잘 알고 계시리라 생각합니다."

김두찬의 물음에 사람들이 술렁였다.

그가 대체 무슨 말을 하려는 건지 짐작도 할 수 없었다.

문지심과 장남길도 그런 김두찬을 잠자코 지켜봤다.

만에 하나라도 이상한 헛소리를 내놓는다면, 바로 그 순간 김두찬은 나락에 떨어질 터였다.

한데 김두찬의 입에서는 그들이 전혀 상상조차 못 했던 말이 튀어나왔다.

"제가 남몰래 집필했던 극장판 애니메이션 시나리오 중 하나를 얼마 전, 레이 스미스 대표에게 전달했습니다. 레이 스미스는 내 시나리오를 읽었고 그것이 애니메이션으로 제작될 수 있는 가능성에 대해 대단히 긍정적인 의사를 전해왔습니다."

김두찬의 폭탄 발언에 기자들의 입이 쩍 벌어졌다.

아무리 김두찬이라 해도 이건 허풍을 넘어서 허황된 수준이었다.

다즈니 스튜디오는 전 세계를 아우르는 최고의 애니메이션 제작사였다.

그곳의 대표 레이 스미스는 깐깐하기로 소문난 천재 디렉터다.

작품을 고르는 눈이 까다롭고 커트라인이 높은 만큼, 그가 오케이하면 무조건 흥행 불패였다.

그가 한 달에 읽어보는 시나리오는 무려 스무 편이 넘는다.

한데 그중에서 단 한 작품이라도 통과되는 경우가 거의 없었다.

때문에 다즈니 스튜디오에서 만들어지는 작품은 1년에 한 작품, 많아야 두 작품 정도가 고작이었다.

그렇게 세상에 태어난 작품들은 항상 전 세계를 들썩이게 만들었다.

그런데 김두찬은 지금 자신의 작품이 그런 다즈니 스튜디오의 대표, 레이 스미스에게 긍정적인 의사를 얻어냈다고 말했다.

그러니 기자들이 황당해질 수밖에 없었다.

문지심과 장남길은 물론, 그 자리에 있던 모든 사람들 역시 어처구니가 없는 얼굴이 됐다.

'끝났군.'

문지심은 자신이 김두찬을 제대로 몰아쳤다고 생각했다.

그가 벼랑 끝에 몰린 나머지 말도 안 되는 헛소리를 지껄이는 것이 틀림없었다.

'여기가 네 무덤 자리다.'

저토록 허황된 허풍의 대가는 전혀 가볍지 않을 것이다.

"김두찬. 방금 네가 한 말, 책임질 수 있나?"

"얼마든지요."

"하아, 하다 하다 이제는⋯⋯."

문지심이 고개를 절레절레 젓고서는 사람들을 둘러보며 목소리를 높였다.

"보이십니까, 여러분. 이게 김두찬의 실체입니다. 근거 없는 얘기를 아무렇지 않게 지껄이고, 어떻게든 상황을 자신에게 유리하도록 만들어 버리려 발악합니다. 지금 내뱉은 저 말은 어떻게 수습할까요? 지금 이 순간만 넘기고 나면 소속사든 어디든 나서서 방어해 주겠지요. 그런 인간입니다, 김두찬은. 본인 스스로는 아무것도 할 수 없는데 그를 돌봐주는 집단에서 미디어로 장난질을 해 만들어낸 거짓된 작가! 그게 이자입니다! 내 아들도 이런 식으로 짓밟혔습니다!"

문지심의 얘기에 힘이 실렸다.

중년 세력들이 일제히 비난의 말을 쏟아냈다.

장남길은 게임이 끝났다고 생각했다.

그때였다.

"여러분."

김두찬의 나직한 음성이 사람들의 귀로 흘러들어 갔다.

그러자 모든 이의 시선이 일제히 그에게 집중됐다.

조금 전까지 김두찬을 비난하던 감독들이 일제히 입을 다

물었다.

이윽고 모든 사람들의 정신이 멍해지고 가슴이 터질 것처럼 뛰었다.

중년 감독과 제작자들은 김두찬을 바라보던 눈에서 색안경이 사라졌다.

갑작스러운 마음의 변화에 대체 무슨 영문인지 혼란스러웠지만 그것에 대해 깊이 생각할 수가 없었다.

지금은 그저 김두찬의 이야기에 집중해야 할 것 같았다.

이런 말도 안 되는 일이 가능하게 만든 건 김두찬이 사자후의 힘을 사용했기 때문이다.

"제 말이 거짓이 아니라는 증거를 보여 드리도록 하겠습니다. 윤설회 기자님?"

"네?"

"레이 스미스의 SNS에 접속해 보세요."

"그럴게요."

윤설회는 말 잘 듣는 아이처럼 당장 레이 스미스의 SNS에 접속했다.

그리고 그가 올린 최근 글을 읽는 순간 눈이 휘둥그레졌다.

"어머……!"

윤설회가 놀라자 다른 기자들도 일제히 레이 스미스의 SNS에 접속했다. 그들의 표정은 곧 윤설회가 짓고 있는 표정과 똑

같아졌다.

"말도 안 돼!"

"어어어?!"

기자들이 여기저기서 경악성을 터뜨렸다.

SNS에 올라온 영어 자체가 어려운 단어들이 아니었기에 모두 알아볼 수 있었다.

그에 궁금해진 모든 사람들이 하나둘 스마트폰을 만지기 시작했다.

스마트폰을 잘 못 다루거나 레이 스미스의 SNS에 접속하는 게 어려운 감독들은 능숙한 다른 감독들에게 달라붙어 액정에 시선을 집중했다.

이윽고 사방에서 동시다발적으로 탄성이 터져 나왔다.

결국 끝까지 움직이지 않던 문지심도 스마트폰을 꺼냈다.

주변의 심상찮은 반응들에 그가 설마 하며 레이 스미스의 SNS에 들어갔다.

장남길도 문지심의 스마트폰을 곁에서 지켜봤다.

그리고 총회의 모든 이들을 경악시켰던 문제의 글이 두 사람의 눈에 들어왔다.

글을 전부 읽고 난 문지심의 손이 부들부들 떨렸다.

장남길은 눈이 튀어나올 듯 커졌고 턱이 빠질 듯 입을 쩍 벌렸다.

김두찬은 그 반응을 재미있게 지켜보던 좌중을 둘러보며 크게 소리쳤다.

"지금 제가 거짓을 말한 적이 있습니까? 없는 사실을 내게 유리하도록 꾸며냈습니까? 허황된 말로 여러분을 현혹시켰나요? 지금 여러분이 두 눈으로 직접 보고, 두 귀로 전부 들은 것들을 믿으십시오."

이어 김두찬은 문지심과 장남길에게 시선을 돌렸다.

"문지심 씨, 그리고 옆에 계시는 어르신. 다시 말해보세요."

김두찬은 레이 스미스의 SNS가 떠 있는 윤설회 기자의 스마트폰을 넘겨받아 앞으로 내밀며 물었다.

"누구의 작품이 해외에서는 먹히지 않을 것 같다고요?"

"……."

"……."

두 사람 다 믿기지 않는 현실에 아무런 대답도 하지 못했다.

그들은 말도 안 되는 억측으로 한 사람을 사기꾼으로 몰아가려 한 파렴치하며, 나잇값 못하는 인간들이 되고 말았다.

찰칵! 찰칵! 찰칵!

기자들이 플래시를 정신없이 터뜨렸다.

두 사람을 옹호하던 이들은 꿀 먹은 벙어리가 되어 얼굴이 붉어졌다.

하나같이 쥐구멍이 있다면 숨어버리고 싶은 심정이었다.

반면 신진 세력들은 기세가 올라 어깨에 힘이 잔뜩 들어가 있었다.

김두찬이 옳았다.

그의 말이 맞았다.

그가 싸움에서 이겼다.

하지만 그것은 단지 신진 세력들의 생각일 뿐.

김두찬은 아직 끝난 게 아니었다.

이제부터 시작이었다.

김두찬에게는 문지심과 장남길을 완전히 짓이겨 버릴 무기가 하나 더 있었다.

Liking 94

블랙리스트

'이런, 이번에는 내가 줄을 잘못 잡았군.'

장남길이 속으로 혀를 찼다.

김두찬이 레이 스미스의 SNS 내용을 보여주는 것으로 상황이 완전히 반전됐다.

강력한 팩트 하나로 김두찬은 모든 상황을 씹어 먹었다.

지금 전쟁이 벌어진 곳은 한국 애니메이션 총회장이다.

자리에 있는 모든 이들이 애니메이션 관계자다.

그런 만큼 그들에게 다즈니와 레이 스미스라는 이름은 신이나 다름없었다.

한데 김두찬의 작품을 레이 스미스가 좋게 봤으며 곧 다즈니와 계약을 할 것이라고 했다.

총회가 뒤집어지는 건 당연한 일이었다.

당연히 문지심은 힘이 빠졌고 그를 두둔하던 장남길의 입장조차 난처해졌다.

'더는 엮여서는 안되겠군.'

장남길은 슬쩍 발을 빼기로 했다.

마음을 먹자마자 행동은 바로 튀어나왔다.

"문 선생, 아무래도 이번에는 우리가 경솔했던 것 같습니다."

장남길이 허허 웃으며 문지심에게 말을 건넸다.

문지심은 순간적으로 장남길의 속내를 알아채고 눈을 부릅떴다.

"무슨 말씀 하시는 겁니까, 장 선생님?"

"아무래도 내가 사람 보는 눈이 많이 닳은 모양입니다."

"네?"

"난 문 선생의 말만 철썩같이 믿고서 김두찬 작가를 매도했습니다. 제 실수였어요. 그리고 김 작가의 역량을 잘못 평가한 것 역시 인정해야겠지요. 늙으면 죽어야 한다더니 그 말이 꼭 날 두고 하는 말 같습니다그려. 이렇게 머리가 굳고 눈이 어두워져서야 어디 쓰겠습니까? 허허, 미안했어요, 김 작가."

장남길이 김두찬에게 고개를 조아렸다.

선배가 후배에게 저렇게 정중히 사과를 구하는 경우는 보기 드물었다.

그런데 장남길은 아무렇지 않게 머리를 숙였다.

'내 머리를 조아려서 벗어날 수 있다면 몇 번이고 그래주마.'

장남길의 속내는 그러했다.

문지심은 조금 전까지 자기편에 섰다가 수가 틀리자 바로 꼬리를 잘라 버리는 도마뱀 같은 장남길을 분노에 차 쳐다봤다.

'이런 빌어먹을 늙은이가!'

이왕 손을 잡고 시작한 싸움 죽어도 같이 죽고 살아도 같이 살아야 하는 것 아닌가?

하지만 장남길은 언제 그랬냐는 듯 잡았던 손을 털어서 놓아버렸다.

자신의 잘못을 시인하고 스스로의 부족함을 지적하는 한편, 문지심의 말을 믿음으로써 이 모든 상황이 벌어졌다는 걸 걸고 넘어갔다.

결국 장남길은 모든 죄를 문지심에게 덮어씌우고 스스로는 면죄부를 챙기게 됐다.

물론 그것은 명목상 그렇다는 것뿐이다.

신진 세력의 마음속엔 장남길이 결코 못 믿을 사람으로 낙인찍혔다.

하지만 장남길에게는 그런 것쯤 아무래도 상관도 없었다.

협회 측에서 자신에게 징계를 내릴 수 없도록 명분만 챙기면 되는 일이었다.

어차피 모든 일들은 시간이 지나면 잊히게 마련이다.

현재 장남길은 차기 협회장으로 지목되어 있는 입장이다.

때문에 징계를 받아버리면 그 자리에 앉는 데 차질이 생긴다.

그러나 이번 사건을 무사히 넘어가 일단 협회장 명함을 따내고 나면 그때부터는 그의 세상이 된다.

'앞으로는 몸 좀 사려야겠군.'

속으로 다짐하며 장남길이 이 판에서 완전히 빠져 버리려 할 때였다.

"두 분이서 작당을 하고 절 이 바닥에서 쳐내려 했던 걸로 알고 있습니다. 그런데 이제 와서 상관이 없는 척하시려는 겁니까, 장남길 어르신."

거의 다 발을 뺐는데 김두찬이 장남길의 바지춤을 잡아챈 격이었다.

장남길은 그것을 옷 한 번 터는 것으로 끝내려 했다.

"조금 전에도 그런 말을 하더니만, 난 당최 무슨 얘기인지 모르겠네. 허허, 그리고 이 늙은이가 고개까지 조아리며 사과했으니 노여움이 있다면 그만 푸는 게 어떻겠는가? 그래도 분이 풀리지 않는다면 원하는 대로 해주겠네."

자신보다 연배가 한참 높은 사람이 바짝 엎드리고 저자세로 나왔다.

어지간한 사람들은 이쯤에서 넘어갔겠지만 김두찬은 아니었다.

심성이 못된 사람들은 쉽게 변하지 않는다는 걸 그는 여태까지의 경험으로 잘 알고 있었다.

그러니 한 번 들이받을 때 확실하게 뿌리까지 뽑아버려야 한다.

김두찬은 윤설회의 스마트폰을 돌려주고 앞으로 터벅터벅 걸어나갔다.

문지심과 김두찬 사이의 거리가 빠르게 줄어들었다.

김두찬은 문지심의 지척까지 다가가서야 걸음을 멈췄다.

"문지심 씨, 저한테 뭔가 할 말 없으십니까?"

문지심이 김두찬을 오만방자하다고 꾸짖으려는 찰나였다.

김두찬이 하나 남아 있던 핵을 매혹에 투자했다.

[매혹의 랭크가 SSS로 업그레이드됐습니다. 랭크 업 특전이 주어집니다. 한 달에 한 번, 한 사람에게 최면술을 사용할 수 있

게 됩니다. 최면의 대상은 무조건 최면에 걸립니다.]

핵을 사용함으로써 1분 동안 매혹의 랭크가 SSS랭크를 유지하게 됐다.

지금 김두찬이 하려는 건 1분이면 충분했다.

아니, 10초면 끝나는 게임이었다.

김두찬은 바로 문지심에게 최면술을 사용했다.

'으음……?'

갑자기 문지심의 정신이 몽롱해졌다.

아울러 그의 눈에서 초점이 풀려 버렸다.

김두찬은 최면술에 완전히 지배당한 문지심의 귀에 입을 대고 속삭였다.

"당신이 가장 소중하게 생각하는 문서, 웹하드에 저장해 놓은 파일을 이메일 주소록에 저장되어 있는 모두에게 발송해."

김두찬은 그 말만 하고 물러났다.

그가 자신의 자리로 돌아가는 동안 문지심은 귀신에 홀린 듯 번개처럼 손가락을 놀려 김두찬이 말한 문서를 백여 명에게 전송했다.

다들 김두찬이 뭘 한 건지 몰라 의아하게 그를 바라봤다.

"문지심 씨. 스스로의 잘못을 인정하고 예술문화계의 폐단을 바로잡을 수 있도록 총대를 메주신다고 하니 마다하지 않겠습니다."

귓속말을 건넨 건 김두찬이었다.

한데 김두찬은 문지심이 자신에게 귓속말을 전한 것처럼 행동했다.

메일을 보내고 난 뒤 자신이 정신이 돌아온 문지심은 자신이 무슨 짓을 한 건지 파악하고서 얼굴이 백지장처럼 하얗게 질렸다.

'내가 대체 뭘……?'

그에게 있어서 무엇보다 소중한 파일.

무슨 일이 있어도 외부에 유출되어서는 안 되는 파일을 그는 지금 주변 지인들에게 전부 퍼뜨려 버렸다.

제정신으로서는 할 수 없는 일이었다.

그 파일이 세상에 공개되면 문지심의 인생은 나락으로 떨어지기 때문이다.

문지심뿐만이 아니다.

파일을 만드는 데 연루된 모든 사람들의 인생이 끝장나고 만다.

그런데 이미 일은 엎질러진 물이었다.

넋을 놓아버리고서 몸을 파르르 떠는 문지심에게 장남길이 물었다.

"문 선생, 괜찮으신가요?"

혹시 문지심이 너무 큰 정신적 충격을 받은 건가 싶어 다가간 장남길은 무심코 그의 손에 들린 스마트폰 액정을 보고 기겁했다.

103명에게 메일을 전송했다는 알림이 떠 있었는데, 보낸 메일의 제목이 '문화예술계 블랙리스트'였다.

장남길은 그게 무언지 알고 있었다.

자기 자신 역시 그 블랙리스트를 만들고 관리했기 때문이다.

장남길의 얼굴이 문지심과 마찬가지로 창백해졌다.

"문 선생… 호, 혹시 내가 알고 있는 그 문서를 백이 넘는 사람들에게 보낸 겁니까?"

겁에 질린 노구의 음성이 문지심의 고막을 간질였다.

스스로의 행동을 도저히 믿을 수 없었던 문지심이 보낸 메일함을 열었다.

그리고 방금 보낸 메일을 불러와 첨부 파일을 다운받아 열어보았다.

"……!"

곁에서 그가 하는 양을 지켜보던 장남길이 비틀거리며 뒤로 물러났다.

그가 보낸 건 틀림없는 문화예술계 블랙리스트 파일이었다.

"나, 나한테… 무슨 짓을 한 건가!"

문지심이 버럭 소리를 질렀다.

하지만 김두찬은 평온한 모습으로 어깨를 으쓱일 뿐이었다.

"전 아무것도 하지 않았습니다. 문지심 씨가 스스로 했죠."

김두찬은 상상 공유로 문지심의 의식을 들여다봤었다.

그때 아주 중요한 정보 하나를 얻어냈다.

바로 문지심을 비롯, 문화예술계의 실세라 할 수 있는 몇몇 거목들이 문화예술계 블랙리스트 파일을 만들어 관리하며 공유하고 있다는 사실이었다.

그런 만큼 보안이 철저했다.

웹하드에 저장해 놨다고 하지만 그건 일반적인 웹하드가 아니었다.

블랙리스트 파일을 보관하기 위해서만 만들어진 웹하드였다.

이 웹하드에 접속할 수 있는 사람은 전 세계를 통틀어 문지심을 비롯한 문화예술계 큰손 몇밖에 없었다.

문지심은 그들 중에서도 끗발이 가장 낮은 편에 속했다.

어찌 되었든 웹하드의 보안은 어지간한 해커도 뚫기 힘들 만큼 완벽하게 설계되었고, 비밀번호도 주기적으로 바뀌왔다.

아울러 웹하드에 접근 권한을 가진 이들마다 개개인의 고유한 인증서를 가지고 있었다.

이 인증서가 없이는 웹하드에 접속 자체가 불가능했다.

문지심은 인증서를 스마트폰에 넣고 다녔기에 언제든 웹하드에 접속하는 것이 가능했다.

해서 김두찬의 명령에 따라 블랙리스트 파일을 그 자리에서 백여 명에게 뿌린 것이다.

사실 김두찬도 그가 바로 그 파일을 보내리라고는 예상 못했다.

김두찬이 본 건 블랙리스트 파일이 있다는 것뿐이었다.

그 파일 안에는 문지심을 비롯, 참여한 모든 이들의 서명 또한 담겨 있었다.

그것은 서로가 서로를 지키기 위한 보험이었다.

한데 그 보험이 모두를 굴비처럼 줄줄이 엮어 나락으로 떨어뜨릴 판국이었다.

'지금쯤 누군가는 문지심이 보낸 메일을 확인했겠지.'

김두찬은 그렇게 생각하며 시간이 흐르는 것을 즐겼다.

백 명 중 다섯 명만 파일을 확인해도 그것은 삽시간에 퍼져 나갈 것이 분명했다.

그렇게 퍼지다 보면 여기 모인 기자들에게도 파일이 전송되는 건 금방이다.

기자들은 곳곳에 정보통이 많이 있다.

때문에 이런 사건이 터지면 가장 먼저 그들에게 연락이 오게 마련이다.

김두찬이 문지심과 장남길의 붉으락푸르락한 얼굴을 보는 것도 질려갈 무렵.

"여보세요? 응? 어… 어? 출처 확실한 거야? 아, 알았어!"

기자 중 한 명이 전화를 받고서는 놀라서 끊더니 메일을 확인했다.

드디어 최초, 문지심이 보낸 파일이 퍼져 나가 여기 있던 기자에게도 도착을 한 것이다.

기자는 넋 빠진 문지심과 장남길의 얼굴을 살피다가 부리나케 자리를 떴다.

'특종이다!'

이런 특종감은 누가 손대기 전에 먼저 터뜨려야 했기 때문이다.

괜히 문지심과 장남길에게 인터뷰를 하려 들다가는 다른 기자들에게 먹잇감을 던져주는 꼴이 된다.

그런데 그때였다.

다른 기자들도 전화를 받거나 문자를 확인했다.

그들에게도 블랙리스트 파일이 전달된 것이다.

그에 모든 기자들이 서로의 눈치를 살피다가 자리를 뜨려 하던 그때였다.

"문지심 씨! 항간에 돌고 있는 문화예술계 블랙리스트 파일을 문지심 씨께서 뿌린 것이라는 게 사실인가요? 파일 안에는 문지심 씨와 장남길씨를 비롯, 문화예술계 거장들의 친필 사인 파일도 첨부되어 있는데, 어떻게 된 일인가요!"

아직 기자 생활 초짜인 윤설회 기자가 대뜸 문지심에게 질문을 던졌다.

그에 자리를 뜨려던 기자들의 걸음이 일제히 멈췄다.

일단 터뜨리고 인터뷰를 할 생각이었는데, 일이 틀어졌다.

기자들은 물론이고 회장에 있던 모두의 시선이 문지심에게 향했다.

김두찬을 지지하던 쪽과 문지심을 지지하던 쪽은 똑같은 얼굴이 되어 문지심을 바라봤다.

문지심은 몹시 당황해서 고개를 저었다.

"나는 모르는 일입니다. 이건 음모입니다."

"음모라는 것이 무얼 뜻하는 건지 자세히 설명해 주세요!"

"난… 모르는 일이요."

문지심이 당황한 기색을 감추지 못하고서 어쩔 줄 몰라 하다가 다급히 자리를 떴다.

윤설회는 그런 문지심에게 달라붙었으나 그는 차를 타고 빠르게 떠나 버렸다.

그러자 기자들은 전부 장남길에게 몰려들었다.

이왕 이렇게 된 거 확실히 인터뷰를 따내는 게 더 나을 듯했다.

이미 자신들이 어물쩍거리는 사이에 블랙리스트 관련 기사는 수십 건이 터졌을 것이 분명했으니까.

"장남길 씨도 문화예술계 블랙리스트 파일을 관리하고 계셨습니까?"

"블랙리스트 파일 안에 적힌 이름들을 확인해 봤습니다. 예술 활동을 함에 있어 불이익을 많이 당했던, 혹은 잘나가다가 어느 날 자취를 감춰 버린 이들의 이름이 주로 적혀 있었는데, 이른바 예술인들의 살생부 같은 것인지요?"

"김두찬 작가의 이름이 가장 최근 문서에 적혀 있었습니다. 그렇다면 애초에 김두찬 작가가 제시한 음모론이, 진실이었다고 봐도 되는 겁니까?"

"김두찬 작가에게 앙심을 품은 문지심 작가가 그를 블랙리스트에 올렸고, 그것을 장남길 씨를 비롯, 블랙리스트 관계자들이 손을 쓰려고 했던 게 맞습니까?"

장남길은 꿀 먹은 벙어리가 됐다.

사방에서 날아드는 질문에 어떤 대답도 할 수 없었다.

이제 그의 얼굴에서 여유는 전부 사라졌다.

숨이 가빠지고 심장이 터질 것처럼 뛰었다.

장남길의 정신이 아득해져 비틀거리며 자리를 피하려 했다.

한데 그런 그의 앞을 임청이가 막아섰다.

"청이… 비, 비키게."

"못 비키네."

"내가 지금 심적으로 많이 힘들어서 그러니……."

"그럼 힘들 짓을 하지 말았어야지!"

임청이가 고함을 질렀다.

장남길은 거기에 놀라 뒤로 벌렁 넘어졌다.

"아이고!"

평소 같았으면 이를 본 후배들이 달려와서 일으켜 줬을 텐데, 지금은 아무도 그를 부축하지 않았다.

문화예술계 블랙리스트를 만든 인간 중 한 명을 살갑게 볼 사람은 이 자리에 단 한 명도 없었다.

임청이는 바닥에 엎어져서 콜록거리는 장남길을 싸늘하게 내려다보다가 모두에게 일렀다.

"여러분! 나는 이 문제는 결코 가벼이 넘기지 않을 것입니다. 한국 애니메이션 협회의 장으로서 오늘의 일을 공론화시키고, 엄중한 회의를 거쳐 장남길에게 중징계를 가할 것입니다!"

임청이가 말하는 중징계란 협회에서 추방하는 것을 뜻함을 모르는 이는 아무도 없었다.

이런 식으로 추방되어 버린 자는 두 번 다시 협회에 발을 들일 수 없게 된다.

장남길은 문지심을 도와 김두찬을 쫓아내려다가 스스로 설

곳을 잃어버릴 위기에 놓였다.

한데 지금 중요한 건 협회장 자리가 아니었다.

그의 사인이 박힌 블랙리스트 파일이 퍼졌으니 법의 철퇴를 피하기 힘들어졌다.

"이런… 이런……"

장남길이 손바닥으로 땅을 치며 곡소리를 냈다.

문득 머릿속으로 문지심이 떠오르며 그에 대한 원망이 터져 나왔다.

그 미련한 인간이 대체 왜 파일을 사방에 뿌린 것인지 모를 일이었다.

이제 다 끝이 나고 말았다.

협회장도 자신의 인생도.

회장에서 급히 떠나 버린 문지심의 입장 역시 다를 건 없었다.

내일이면 문지심의 세상은 지옥으로 변할 것이었다.

이 모든 일이 전부 김두찬을 건드렸다가 벌어진 일이었다.

쓰러져서 도통 일어날 생각을 못 하는 그에게 누군가가 다가와 쪼그려 앉았다.

김두찬이었다.

"으으…!"

장남길은 울화가 터져 말도 제대로 할 수 없었다.

그런 그를 보며 김두찬이 한마디를 건넸다.

"남은 여생은 그리 평안하진 않을 겁니다."

"어, 어떻게……?"

장남길은 많은 것이 궁금했다.

레이의 눈에 들 만한 시나리오를 초짜인 김두찬이 어떻게 집필했는지.

문지심을 뭐라 구워삶았기에 그가 파일을 뿌린 건지.

이제 겨우 약관의 나이에 어떻게 자신들을 침착하게 상대할 수 있었던 건지.

그 모든 심정이 어떻게라는 한 단어에 담겨 있었다.

"그건 제가 묻고 싶은 질문입니다. 대체 어떻게 하면, 그런 비인간적인 파일을 만들 수 있는 겁니까. 대체 어떻게 하면, 그런 악마 같은 짓을 저지르고도 죄책감 하나 없이 웃으며 살아갈 수 있는 겁니까?"

김두찬이 구부렸던 무릎을 폈다.

그가 장남길을 내려다보며 차가운 음성을 흘렸다.

"날 건드려 줘서 고맙습니다. 덕분에 악마를 솎아낼 수 있었네요. 남은 평생을 차가운 철창 안에서 지나온 삶에 대해 반성하며 보내시길 바라죠."

"끄으……."

장남길이 손으로 가슴을 쿡쿡 누르며 신음을 흘렸다.

두 편으로 나뉘어서 대립하던 사람들은 참담한 심정을 금치 못했다.

이제 세력 싸움은 아무런 의미가 없었다.

협회 안에 예술문화계에서 활동하는 이들을 멋대로 재단하고 평가해서 마음에 안 들면 무참히 쳐내 버리는 갑질 집단의 인간이 존재하고 있었다.

그리고 그가 차기 협회장으로 지목된 장남길이라는 것이 더더욱 충격이었다.

이러한 사실을 아무도 몰랐다.

장남길은 협회 내에서 철저하게 스스로의 영향력을 감췄다.

"하아… 진짜 멍청한 짓거리를 하고 있었지. 우리끼리 이러는 게 무슨 의미가 있다고. 저런 무서운 인간이 협회 안에 똬리를 틀고 있었는데."

중년 감독 한 명이 한숨을 뱉었다.

그의 말에 여러 사람이 동의하듯 저도 모르게 고개를 끄덕였다.

그러자 신진 세력의 젊은 제작자 중 누군가도 한마디를 했다.

"우리가 집안싸움이나 하고 있을 때가 아니었네요."

그 말은 협회원들 대부분의 심정을 대변하는 것이었다.

철저하게 금을 그어 놓은 것처럼 대치하고 있던 두 세력은 언제 그랬냐는 듯 자연스레 섞여들어 장남길의 주변으로 모였다.

임청이와 김두찬은 장남길의 앞에 서 있었다.

"남길이. 난 자네의 친구로서도, 협회의 장으로서도, 그리고 한 명의 문화예술 관계자로서도, 마지막으로 인간으로서도 도저히 용서할 수 없네."

"아니야… 이건……."

"계속 오해니, 음모이니 그런 말을 할 생각이면 그만두게."

사실 이게 전부 거짓은 아닌지 의심하는 이들도 있었다.

그러나 그렇게 생각하기에는 급히 도망쳐 버린 문지심과 지금 저렇게 벌벌 떨고 있는 장남길의 행동이 납득되지 않는다.

임청이는 장남길에게 향해 있던 시선을 김두찬에게 돌렸다.

"김두찬 작가, 기껏 초대해 놓고 이런 몹쓸 일을 당하게 한 것도 모자라 좋지 않은 꼴을 보여 면목이 없네."

"아닙니다. 오히려 이런 족속들을 솎아내기에 좋은 기회였다고 생각합니다."

"그건 다행이네만 그 희생양이 자네가 되어야 한다는 법은 없었다네. 하나… 자네였기에 이런 일을 가능케 했다는 것 역시 부정할 수는 없겠지."

김두찬이 아니라 다른 사람이 이런 일에 말려들었다면?

문지심과 장남길에게 여지없이 당하고 말았을 것이다.

그러나 김두찬은 그 두 사람을 역으로 공격해서 완벽하게 제압했다.

"한데… 문지심 그 양반은 왜 그 파일을 메일로 보낸 걸까요? 그것도 김 작가님과 싸우던 와중에."

중년 감독 한 명이 도저히 이해가 되지 않는다는 얼굴로 물었다.

장남길도 그게 이상했다.

문지심이 스스로 자멸하기를 바라지 않은 이상 그럴 수는 없었다.

'부, 분명히 저 애송이가 무슨 짓을 한 건데……'

김두찬이 무슨 수작을 부린 것이 분명했다.

그러나 심증만 있을 뿐 물증이 없었다.

만약 김두찬이 누군가에게 부탁해 웹하드를 해킹했다면 그것을 빌미로 발목을 잡을 수 있었다.

하지만 그게 아니니 이 상황에 김두찬을 엮을 방도가 전혀 없었다.

장남길로서는 그저 자신보다 높은 영향력을 행사하는 동료들이 이 상황을 잘 무마시켜 주길 바랄 수밖에 없었다.

그런 그의 속내를 김두찬은 바로 간파했다.

"사건은 커질 대로 커졌습니다. 지금 이 순간에도 수많은 기사가 올라가고 있겠죠."

그의 말대로였다.

심지어 모든 인터넷 포털 사이트에도 검색어 1위를 문화예술계 블랙리스트라는 단어가 차지하고 있었다.

돈과 인맥으로 덮어버리기에는 무리였다.

김두찬은 더 이상 이곳에 있을 이유가 없었다.

발을 들이는 그 순간부터 전쟁이 벌어졌고, 싸움은 끝이 났다.

그와 함께 회장의 흥 역시 깨져 버렸다.

"전 이만 가보겠습니다."

김두찬이 정미연의 손을 잡고 돌아섰다.

그런 그를 감히 누구도 붙잡을 수 없었다.

그런데 심호철이 김두찬을 불렀다.

"김 작가님!"

걸음을 옮기려던 김두찬이 고개만 살짝 돌려 심호철을 바라봤다.

"일전에 전화상으로 무례하게 굴었던 거… 사과드립니다. 그리고 오늘 회장에서 있었던 일도 정중하게 사과드리겠습니다."

조금 전까지만 해도 심호철은 이 사달이 난 원인이 김두찬에게 있다고 생각했다.

그만 오지 않았다면 아무 일도 없었을 테니 말이다.

하지만 김두찬은 그저 못된 것들이 쳐놓은 덫에 걸렸을 뿐이었다.

피해를 입은 건 자신들이 아니라 김두찬이었다.

심호철은 책임을 통감하며 진심을 담아 정중히 허리를 숙였다.

그러자 그의 주변으로 중년 감독 한두 명이 다가오더니 똑같이 허리를 숙여 보였다.

그 모습에 젊은 감독과 제작자들, 그리고 나머지 중년 감독과 제작자들도 일제히 허리 숙여 사죄의 마음을 표했다.

마지막으로 상황을 지켜보던 임청이 역시 천천히 고개를 조아렸다.

김두찬보다 하나같이 나이 많은 애니메이션 협회의 어른들이 전부 다 그에게 머리 숙여 사죄를 구하고 있었다.

그 광경을 지켜보고 있던 정미연은 등줄기가 짜릿해지는 걸 느꼈다.

아울러 김두찬이라는 사람이 더더욱 크게 보였다.

김두찬은 담담한 시선으로 그들 한 명 한 명을 눈에 담은 뒤, 마주 허리를 숙여 보이고서 조용히 자리를 떠났다.

김두찬의 자동차가 엔진음을 흘리며 멀어지고 난 다음에서야 회장의 사람들은 접었던 허리를 폈다.

그들은 오늘 일을 두고두고 잊지 못할 게 분명했다.

＊　　　＊　　　＊

"즐겁게 왔는데 일이 이렇게 돼서 어떻게 해?"

서울로 돌아가는 차 안에서 정미연이 물었다.

김두찬은 크게 대수로울 것 없다는 듯 대답했다.

"못된 사람들 잡아냈으니 그걸로 됐어."

"근데 자기야."

"응?"

"문지심한테 뭐라고 한 거야? 둘이 잠깐 귓속말했잖아. 정말 문화예술계를 위해서 본인이 총대를 메겠다고 했어? 딱 봐도 그럴 위인이 아니던데."

"아니지, 그럴 인간."

"역시 자기가 무슨 수를 쓴 거지?"

"응. 그런데 비밀이야."

"듣고 싶은데?"

"들어도 못 믿을걸?"

"최대한 믿어볼게."

"최면술에 대해서 좀 알아?"

"설마, 지금 최면술로 문지심을 조종했다고 말하려는 건 아니지?"

"맞는데?"

"정말 최면술로 조종한 거라고?"

"응."

정미연이 말없이 김두찬을 바라봤다.

그녀의 시선을 느낀 김두찬이 피식 웃었다.

"못 믿겠어?"

"아니, 믿어."

"그것 말고는 설명할 방법이 없어서?"

"아니. 당신이니까. 어쩐지 당신은 손으로 강철을 부순다고 허풍을 쳐도 믿을 것 같아. 정말 가능할지도 모르겠다는 생각을 하게 만들어. 나 되게 이성적인 사람인데, 자기 앞에서만 감성적이 되나 봐."

이성적으로 판단한 게 맞았다.

김두찬은 곰의 근력을 얻어서 강철도 때려 부수는 힘을 손에 넣었다.

괜히 속이 뜨끔했지만 김두찬은 아무렇지 않은 척 미소로 화답했다.

두 사람을 태운 차는 강원도와 서울의 경계선을 넘어서 쉼 없이 질주했다.

　　　　　*　　　　　*　　　　　*

　다음 날.

　대한민국엔 난리가 났다.

　문지심으로 인해 터져 버린 문화예술계 블랙리스트 파일 때문이었다.

　그것은 누군가의 조작으로 만들어진 것이 아닌 실제 문서로 밝혀졌다.

　거기에는 애니메이션의 장남길과 문단의 문지심을 비롯, 각 예술 분야의 거장들과 정재계의 거물들의 사인이 담겨 있었다.

　그들은 검찰로부터 일제 소환 명령을 받았다.

　물론 돈과 권력과 인맥이 있는 그들이 쉽게 검찰의 명령을 따를 리 없었다.

　그들은 소환 명령을 거부하며 버티기에 들어갈 셈이었다.

　그러다 보면 법조계 인맥들이 알아서 상황을 정리해 줄 테니 말이다.

　여태까지도 그래왔으니 이번에도 유야무야 넘어갈 거라 믿었다.

　하지만 그건 그들의 착각이었다.

　이번 사태는 그 전과는 사이즈 자체가 달랐고 문제도 심각했다.

국민들과 전국의 예술인들이 전체적으로 들고 일어났다.

사건이 터진 지 하루 만에 청와대 청원 게시판이 마비가 되고 여의도 국회의사당 앞으로 10만이 넘는 인파가 모여들었다.

안 그래도 정치인들의 막장 행태로 정국이 시끄러운 요즘이었는데 이런 일까지 터져 버리니 민심이 응징을 위해 나선 것이다.

아울러 새로운 대통령은 임기 때부터 적폐 청산을 위해 무던히 싸워왔던 인물이다.

그러던 와중 문화예술계 블랙리스트 파일이 나타났으니 아주 좋은 먹잇감을 내던져 준 셈이었다.

대통령은 이 일을 가장 먼저 처리해야 할 심각한 사안으로 대두시키고 모든 노력을 동원해 확실히 뿌리 뽑을 것이며, 이 일에 관련된 이들은 전부 엄중한 법의 처벌을 받게 될 것이라 선언했다.

그에 놀란 장남길은 조금이라도 죄를 가벼이 받기 위해 스스로 검찰에 출석해 아는 것을 모두 불어버렸다.

이 소식은 뉴스를 타고 일파만파 퍼져 나갔다.

한편, 별장에 틀어박혀 기사들을 살피던 문지심은 초췌해진 얼굴로 신음을 흘렸다.

"으음……."

잡티 하나 없던 자신의 인생이 시궁창으로 내던져졌음을

그는 직감했다.

장남길까지 입을 털어버린 이후에다 대통령과 국민들이 나섰으니 이미 버텨도 소용없는 상황이 되어버렸다.

"참… 초라하군."

김두찬의 목을 베기 위해 꺼내 든 칼에 도리어 자신의 심장을 찌르고 말았다.

문지심이 힘없이 소파에 축 늘어졌다.

그때.

탕탕!

누군가 그의 별장 문을 두들겼다.

"문지심 씨! 안에 계시는 거 알고 있습니다!"

올 것이 왔다.

문지심은 천천히 현관으로 걸어가 문을 열었다.

그리고 자신을 데리러 온 이들을 바라보며 고개를 끄덕였다.

"모든 얘기는 법정에 가서 하겠습니다."

김두찬의 이름을 블랙리스트에 올리고 그를 문화예술계에서 몰아내려 했던 자의 최후는 결국 비참하게 끝이 났다.

Liking 95
나를 싫어하는 사람들।

11월 28일, 화요일.

김두찬의 웹툰 '나를 싫어하는 사람들'은 꾸준하게 진행되는 중이었다.

개인 스케줄을 소화하고 학교에 다니면서도 벌써 5화 분량의 비축분이 쌓였다. S랭크의 그림 능력과 손재주의 버프를 받아 가능한 일들이었다.

김두찬은 애니메이션을 그릴 때 하루에 한 번은 손재주의 액티브 스킬인 골든 핸드를 사용했다.

골든 핸드는 10분 동안 손재주의 버프를 100%로 뻥튀기 시켜주는 스킬이다.

때문에 김두찬의 웹툰에선 한 화 70컷 중 한두 컷 정도는 평균 작화보다 훨씬 뛰어난 그림이 나오곤 했다.

그것은 웹툰의 퀄리티라고 보기 힘들 정도였다.

사실 모든 컷을 그 정도의 퀄리티로 작업하고 싶은 것이 김두찬의 욕심이었다.

하지만 그러기 위해서는 골든 핸드를 지속적으로 사용해야 하는데, 유지 시간이 10분밖에 되지 않고 하루 한 번 사용 가능하니 실상 불가능한 일이었다.

사실 지금 그의 손에서 탄생하는 웹툰의 평균 퀄리티 자체도 어마어마했다.

해서 김두찬은 욕심을 버리고 이 정도 수준에 만족하기로 했다.

김두찬은 슬슬 자신의 웹툰을 세상에 내보내고 싶어졌다.

"어디에서 시작하는 게 가장 좋을까."

현재 가장 거대한 웹툰 시장을 장악하고 있는 곳은 '네이브'와 '담'이었다.

그 두 곳 말고도 제법 영향력을 발휘하는 곳들이 몇 곳 더 있었지만 초창기 웹툰 시장을 형성하고 붐을 일으킨 원조를 넘어서기에는 무리가 있었다.

김두찬은 둘 중 한 곳을 자신의 출발점으로 삼기로 했다.

'음… 담은 아무래도 요새 좀 몰리는 독자들이 너무 한쪽으로 치우친 경향이 있어. 네이브는 독자층이 다양하지. 평균 독자 연령은 담 측이 조금 더 높아. 여러 가지 상황을 놓고 봤을 때 내 웹툰이 더 잘 먹힐 만한 곳은 역시…….'

김두찬이 인터넷 창을 열어 네이브에 접속했다.

그것이 그의 선택이었다.

네이브에 웹툰 코너 중에는 도전場(장)이라는 곳이 있다.

도전장은 이름 없는 초보 만화가들이 웹툰 작가로 데뷔하기 위해 시험을 치르는 곳이었다.

만화에 점수를 주는 이들은 바로 일반 독자들이었다.

여기에서 많은 사람들이 평가에 참여를 하고, 평점이 높으면 네이브 웹툰 팀에서 그 만화를 검토한다.

이후, 연재를 해도 좋겠다고 판단이 될 경우 작가와 정식으로 계약을 체결하게 되는 시스템이다.

그 과정이 짧게는 두 달, 길게는 반년에서 일 년까지도 걸린다.

김두찬은 거기서부터 시작하기로 마음먹었다.

그가 나를 싫어하는 사람들 1화를 네이브 웹툰 도전장 코너에 업로드했다.

이제 평가를 기다릴 시간이었다.

* * *

김두찬은 작업실에 도착하자마자 반가운 얼굴을 볼 수 있었다.

"오빠!"

"로아야!"

"두찬 학생, 연락도 없이 불쑥 찾아와서 미안해요."

서로아와 조선호가 김두찬을 보겠다고 작업실에 찾아왔던 것이다.

김두찬은 자신에게 뛰어든 서로아를 품에 안고서 조선호에게 안부를 물었다.

"할아버지, 잘 지내셨어요?"

"잘 지내다마다요. 얼굴에서 기름기가 줄줄 흐르는 게 보이지 않나요?"

"오빠, 짜잔!"

서로아가 뒤에 무언가를 감추고 있다가 앞으로 내밀었다.

그것은 얼마 전 출간된 서로아와 김두찬의 합작 동화 불개미였다.

"응? 오빠도 이 책 있는데?"

아띠 출판사에서는 책이 출간될 때마다 저자에게 적게는 20권에서 많게는 50권까지 보내주고는 한다.

김두찬에게도 불개미는 30권 정도가 있었다.

그에 의아해하며 책을 받으니 조선호가 허허 웃으며 말했다.

"그건 조금 특별한 의미가 담긴 책이랍니다."

"오빠! 어서 책 열어봐요!"

서로아가 김두찬을 보챘다.

김두찬이 동화책의 첫 장을 펼쳤다.

그러자 어설픈 솜씨로 삐뚤빼뚤 그린 그림이 보였다.

아니, 자세히 보니 그것은 그림이 아니라 사인이었다.

'서로아'라고 적힌.

"로아야, 이거 네 사인이야?"

김두찬이 반색하며 물었다.

"응! 오빠한테 제일 처음으로 해주는 거예요!"

"정말?"

"허허, 로아가 두찬 학생한테 가장 먼저 사인해 주고 싶다기에 이렇게 급히 찾아왔지 뭡니까."

"와, 이건 정말 감동인데요."

"두찬 학생이 우리한테 해준 것에 비하면 아무것도 아니지요."

그러자 주화란이 서로아를 와락 끌어안더니 뺨을 마구 비벼대며 말했다.

"세상에 로아의 첫 사인을 누가 받아보겠어요? 그게 얼마나

가치 있는 건데요? 근데 언니 좀 서러워, 로아야! 왜 언니한테는 사인북 안 줘요? 응? 응?"

"꺄아~ 언니, 뺨에 불나요! 놔주세요!"

"사인북 안 주면 평생 안 놔줄 건데요? 호호호."

"으이익."

서로아가 주화란의 몸을 밀어내며 이를 악물었다.

그 광경에 김두찬과 조선호가 웃음을 터뜨렸다.

하지만 채소다는 그 분위기에 어울리지 못하고서 멀찍이서 바라만 볼 뿐이었다.

채소다에게 가장 큰 약점이 하나 있었으니 어린아이와 잘 어울리지 못한다는 것이었다.

왜인지 모르겠지만 그녀는 어린아이 앞에만 서면 온몸이 경직되고 굳었다.

어린아이들을 보고 어른들이 예쁘다고 하는데 그게 어떤 감정인지도 알 수 없었다.

아무튼 주화란은 서로아를 끝까지 괴롭힌 끝에 결국 즉석에서 사인북을 받아냈다.

그 바람에 채소다까지 서로아의 사인북을 선물 받게 됐다.

한 명만 차별하면 마음 상할지도 모른다고 서로아가 사인을 해서 준 것이다.

서로아로 인해 잠시 동안 시끌벅적한 시간이 이어졌다.

한 시간 정도가 흘러 서로아는 CF 스케줄이 있어서 조선호와 함께 작업실을 떠났다.

두 사람이 가고 난 뒤, 정적이 찾아왔다.

서로아가 있을 땐 조증 걸린 환자처럼 들떠 있던 주화란의 기세가 축 처졌다.

타타타타탁.

작업실에 한동안 타자 두들기는 소리만 들렸다.

주화란과 채소다의 자리에서 나는 소리였다.

김두찬은 타자를 두들기지 않았다.

그의 자리에는 집에서 쓰는 것과 똑같은 모델의 태블릿이 놓여 있었다.

그는 작업실에서도 그림을 그렸다.

6화를 절반 정도 완성한 뒤 잠시 숨을 돌리며 상태창을 살폈다.

며칠 간 모인 직접 포인트는 6,237이고 간접 포인트는 11,200이었다.

능력치들은 한 가지만 빼고 전부 A이상이었다.

아직 A는커녕 D에 머물러 있는 능력치는 이중인격이었다.

'일단 포인트를 투자해 둘까?'

김두찬이 받은 네 번째 퀘스트는 보너스 미션 다섯 가지를 완수하는 것이었다.

아직 보너스 미션은 두 개가 더 남았다.

보너스 미션이 성공했을 때 무작위 능력이 업그레이드되는 걸 감안하면 미리 올려두는 게 좋았다.

'간접 포인트 2,800을 이중인격에 투자하겠어.'

[이중인격의 랭크가 C로 업그레이드됐습니다. 랭크 업 특전이 주어집니다. 또 다른 인격이 넷으로 늘어납니다.]

[이중인격의 랭크가 B로 업그레이드됐습니다. 랭크 업 특전이 주어집니다. 또 다른 인격이 다섯으로 늘어납니다.]

[이중인격의 랭크가 A로 업그레이드됐습니다. 랭크 업 특전이 주어집니다. 또 다른 인격이 여섯으로 늘어납니다.]

이중인격이 셋에서 여섯까지 증식했다.

김두찬은 그 인격들에 대해서 나중에 알아보기로 하고 관심을 거두었다.

'다시 해볼까.'

그가 쉬었던 손을 재차 놀리려는데.

"우와."

어느샌가 뒤에 와서 이를 지켜보던 채소다가 탄성을 터뜨렸다.

"장난 아니네요, 김 작가님."

채소다뿐만이 아니었다. 주화란도 김두찬이 작업하는 걸 보고 있었다.

　두 여인은 김두찬의 웹툰을 보며 똑같이 눈이 휘둥그레졌다.

　"글도 잘 쓰면서 그림까지 잘 그리는 건 진짜 반칙이야."

　"김 작가님, 노래도 잘 부르잖아. 거기다 잘생겼지, 키 크지, 몸 좋지. 아니, 근데 운동하는 건 한 번도 못 봤는데 남몰래 관리하고 있어요? 하루 대부분을 여기서 그림 그리거나 글 쓰면서 어떻게 몸이 안 무너져요? 난 이제 슬슬 뱃살이 잡힐랑 말랑 하는 것 같은데."

　"그러니까! 반칙이다!"

　채소다가 열을 내니, 주화란이 실눈을 뜨고 그녀를 노려봤다.

　"왜요?"

　"너도 페어플레이 하는 체질은 아니야. 고기를 그렇게 먹고 운동은 하나도 안 하면서 그 몸이 유지되는 게 신기하다 못 해 마술사라도 보는 기분이거든?"

　그러자 채소다가 검지를 세우며 진지하게 말했다.

　"맛있게 먹으면 0칼로리인거 몰라요?"

　"맛있게 먹으면 고칼로리지! 그런 이상한 논리를 진짜로 믿고 있니?"

　두 여인이 티격태격하는 사이 김두찬은 작업을 접고 몰래 빠져나갔다.

탁! 띠리리.

문이 닫히고 전자 키의 기계음이 들려오고 나서야 여인들은 김두찬이 사라진 걸 알았다.

"아, 우리 방해됐나 보다."

주화란이 미안해져서 혼잣말을 흘렸다.

*   *   *

집으로 돌아온 김두찬이 샤워를 마치고 컴퓨터 앞에 앉았다.

그때 정지호에게서 전화가 왔다.

실로 오래간만의 연락이었다.

"지호 씨, 간만이네요."

―작가님은 내가 먼저 연락 안 하면 평생 연 끊고 살 사람 같습니다.

정지호가 서운함을 담아 툴툴댔다.

"그럴 리가요."

그러니 김두찬이 그를 등지는 일은 평생 없을 것이다.

"어쩐 일이세요?"

―무슨 일 있어야만 연락을 합니까. 그냥 목소리 들으려고 연락하는 거지.

"간지러운 말도 잘하시네요."

—요즘엔 주변에서 귀찮게 건드는 인간들 없습니까?

"네. 살 만해요."

—뉴스 보니까 작가님께서 또 한 건 크게 터뜨렸던데요. 문화예술계 블랙리스트.

"어쩌다 보니 그렇게 됐어요."

—아마 그 윗대가리에 있는 인간들이 가만있지 않을 겁니다. 그놈들은 인성에 똥내 나는 놈들이라 자기가 망하면 그 원인 제공자를 그냥 두지 않아요. 주먹패들과도 연이 있을테니 분명히 무슨 해코지를 할지 모릅니다. 그러니까 조심하세요. 불안하면 우리 애들 몇 보내줄 테니까 언제든 말씀하시고.

정지호는 과장해서 말을 하는 스타일이 아니었다.

그가 그렇게 얘기했다면 정말 조심해야 하기 때문이다.

김두찬은 잠시 고민했다.

자기 자신은 체력과 박투, 악력의 능력치를 올렸기에 인간의 범주를 벗어난 육신을 얻었다.

싸움 좀 한다고 하는 이들 수십 명과 싸워도 지지 않을 것이다.

하지만 만약 김두찬에게 당한 놈들이 그의 가족을 노린다면?

생각만 해도 끔찍했다.

"그럼 부탁 좀 할게요. 우리 가족들 좀 지켜주세요."

―본인은? 괜찮겠어?

"네. 주먹 좀 쓰니까 괜찮습니다. 저한테 붙여줄 인원 있으면 우리 가족한테 더 붙여주세요. 하지만 가족이 눈치채지는 않게 신경 써주셨으면 더 고맙겠어요."

―걱정하지 말아요. 우리 애들 다 베테랑입니다. 가족들한테는 털끝 하나 상하는 일 없게 할 테니 마음 놓고 일상생활 하세요. 그런데… 김 작가님은 정말 괜찮겠어요?

"네."

김두찬이 거침없이 대답했지만 그래도 정지호는 영 내키지가 않았다.

―알았어요. 그래도 조심해요.

정지호가 한 번 더 당부하며 전화를 끊었다.

그에 김두찬은 자신이 건드린 인간들이 역시 보통내기들은 아니었음을 새삼 느꼈다.

그가 부디 가족에게 별일이 없기를 바라며 네이브에 접속했다. 오늘 업로드한 웹툰의 반응을 보기 위해서였다.

그런데 스마트폰이 부르르 몸을 떨었다.

발신인을 확인한 김두찬이 피식 웃었다.

"오늘 무슨 날인가?"

전화를 건 사람은 정지호의 동생이자 국민 배우 정태조였다.

김두찬이 전화를 받았다.

"정 배우님. 간만이에요."

—김 작가님! 잘 지내셨죠?

정태조의 목소리가 밝았다.

몇 달간 지속된 촬영에 잔뜩 지쳐 있을 줄 알았는데 정반대였다.

"영화는 잘 진행되고 있어요?"

김두찬의 물음에 생각지도 못했던 대답이 들려왔다.

—촬영 끝났습니다! 하하!

"벌써요?"

김두찬이 알기로 영화 촬영은 빨라도 12월 말, 늦으면 1월 초중반에 끝날 예정이었다.

지금은 아직 11월 말이었다.

—배우들 연기도 흐트러지지 않았고 촬영 중에 사고도 한 번 없어서 정말 스무스하게 진행됐어요. 그렇다 보니 촬영이 예정보다 빨리 끝났습니다.

"그랬군요. 정말 고생하셨네요."

—고생은요. 영화가 아주 잘빠진 것 같습니다. 에 감독님도 무척 만족하고 계시고요.

"축하드립니다. 감독님한테도 전화드려야겠네요."

—오늘부터 편집 들어간다고 정신없을 테니 나중에 전화하는 게 나을 거예요. 저도 소식 전해드리려고 잠깐 전화한 겁

니다. 후시녹음 들어갈 수도 있어서 계속 긴장 풀면 안 되거든요.

"끝까지 고생이시네요."

—아무튼 조만간 쫑파티 할 때 연락드릴게요. 쉬세요, 작가님!

"네, 들어가세요."

영화 촬영이 끝났다는 얘기를 듣고 나니 감회가 새로웠다.

이제 편집만 마치면 개봉은 초읽기에 들어간다.

그 기간이 세 달 정도 될 것이다.

김두찬이 설레는 마음을 진정시키고서 다시 네이브 도전장 코너로 눈을 돌렸다.

그리고 실시간 인기 순위를 살폈다.

한데 믿기 힘든 결과가 벌어졌다.

"어?"

『호감 받고 성공 더!』 11권에 계속…

초대형 24시 만화방

신간 100%, 샤워실, 흡연실, 수면실(침대석), 커플석, 세탁기 완비

▪ 광명 광명사거리역점 ▪

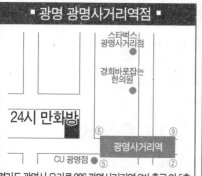

경기도 광명시 오리로 986 광명사거리역 6번 출구 앞 5층
02) 2625-9940 (솔목타워 5층)

▪ 강북 노원역점 ▪

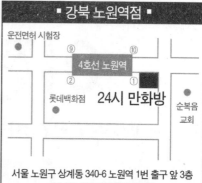

서울 노원구 상계동 340-6 노원역 1번 출구 앞 3층
02) 951-8324 (화용빌딩 3층)

▪ 일산 정발산역점 ▪

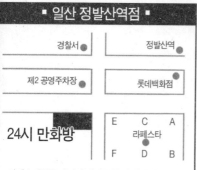

라페스타 E동 건너편 먹자골목 내 객잔건물 5층
031) 914-1957

▪ 일산 화정역점 ▪

경기도 고양시 덕양구 화정동 984번지 서일빌딩 7층
031) 979-4874 (서일사우나 건물 7층)

▪ 부천 역곡역점 ▪

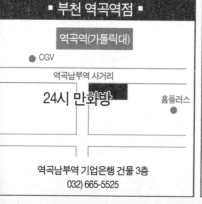

역곡남부역 기업은행 건물 3층
032) 665-5525

▪ 부평역점 ▪

(구) 진선미 예식장 뒤 한신포차 건물 10층
032) 522-2871